对联写作例谈

Duilian Xiezuo Litan

蒲运乾\著

图书在版编目（CIP）数据

对联写作例谈 / 蒲运乾著. -- 北京 : 经济日报出版社, 2022.12
ISBN 978-7-5196-1198-9

Ⅰ. ①对… Ⅱ. ①蒲… Ⅲ. ①对联—创作方法—中国
Ⅳ. ①I207.6

中国版本图书馆 CIP 数据核字（2022）第 181860 号

对联写作例谈

作　　者　蒲运乾
责任编辑　宋潇旸
助理编辑　温　海
责任校对　李运银
出版发行　经济日报出版社
地　　址　北京市西城区白纸坊东街 2 号 A 座综合楼 710（邮政编码：100054）
电　　话　010-63567684（总编室）
　　　　　010-63584556（财经编辑部）
　　　　　010-63567687（企业与企业家史编辑部）
　　　　　010-63567683（经济与管理学术编辑部）
　　　　　010-63538621 63567692（发行部）
网　　址　www.edpbook.com.cn
E - mail　edpbook@126.com
经　　销　全国新华书店
印　　刷　四川科德彩色数码科技有限公司
开　　本　880mm ×1230mm　1/32
印　　张　9.25
字　　数　140 千字
版　　次　2022 年 12 月第 1 版
印　　次　2022 年 12 月第 1 次印刷
书　　号　ISBN 978-7-5196-1198-9
定　　价　68.00 元

昆明大观楼

五百里滇池奔来眼底披襟岸幘喜茫茫空闊無邊翰東驤神駿西翥靈儀北走蜿蜒南翔縞素高人韻士何妨選勝登臨趁蟹嶼螺洲梳裹就風鬟霧鬢更蘋天葦地點綴些翠羽丹霞莫辜負四圍香稻萬頃晴沙九夏芙蓉三春楊柳

雲南昆明大觀樓長聯

數千年往事注到心頭把酒凌虛嘆滾滾英雄誰在想漢習樓船唐標鐵柱宋揮玉斧元跨革囊偉烈豐功費盡移山心力儘珠簾畫棟捲不及暮雨朝雲便斷碣殘碑都付與蒼煙落照祇落得幾杵疎鐘半江漁火兩行秋鴈一枕清霜

乙酉秋月賀本祥硬筆

昆明大观楼长联

山海关孟姜女庙大殿

山海关孟姜女庙大门联

孟姜女庙大殿联

乐山大佛寺山门

乐山大佛寺山门对联

乐山大佛寺栖鸾峰清音亭

乐山大佛寺栖鸾峰清音亭对联

乐山乌尤寺山门

乐山乌尤寺山门联

乐山乌尤寺旷怡亭

乐山乌尤寺旷怡亭门联之一

成都望江楼（李德林 摄）

成都望江楼单联

沈阳故宫大政殿

沈阳故宫馆藏对联

苏州同里古镇戏台上演坝坝戏

四川自贡盐业博物馆古戏台

杭州西湖“岳王庙”

青山有幸埋忠骨——杭州西湖岳王庙岳飞父子墓

白铁无辜铸佞臣——杭州西湖岳王庙秦桧夫妇铁铸跪像

伙同秦桧陷害岳飞的奸臣张俊、万俟卨的跪像

西湖垂柳丝

山西悬空寺

“西湖天下景”匾额及亭联：
水水山山处处明明秀秀，
晴晴雨雨时时好好奇奇。

西湖西泠印社柏堂联：
大好湖山归管领，
无边风月任平章。

江南四大名楼之一——南京阅江楼

南京阅江楼牌坊联：
千古江声流夕照，
九天楼影俯朝飞。

扬州吴氏宅第测海楼门联：
旧学商量宜邃密，
新知培养要深沉。

扬州吴氏宅第有福读书堂联：
几段祥云穿雁阵，
一帘瑞雪卷梅花。

苏州角（lù）直古镇标志性雕塑——角端（独角兽）

扬州八怪纪念馆郑板桥撰写的门联：
删繁就简三秋树，
领异标新二月花。

重庆市人民大礼堂

重庆人民大礼堂内景一瞥

（摄影作品除署名者外，均为作者拍摄）

序

一个语文老师的情怀

——读蒲运乾《对联写作例谈》有感

邓碧清

对联，是中华优秀传统文化，值得我们继承过来传承下去并发扬光大。

方块汉字的美，书法艺术的美，骈偶对仗的美，声韵铿锵的美，内容言简意赅的美，各类载体（纸张、布帛、木石）的美，右左悬挂对称的美，门楣、廊柱、墙壁装饰的美等，使得小小一副对联拥有了太多的美学意蕴。

由于形式简单，却又美不胜收，自古以来对联成了各方人士都喜爱的一种文化品类。上自庙堂之高，下到江湖之远，深山古寺，寻常人家。过年时家家户户门口的春联，新人结婚时的喜联，老人庆生时的寿联，老人过世后的挽联，庙宇古迹楼台亭阁的楹联，以及街上商家门面的广告联，林林总总不胜枚举。可以说，对联文化早已融入中国人的血脉，成了日常生活的一部分。

然而，发展到文化多元、盛行文化快餐的现代，对联文化却有点儿变形走样了。

传统的对联，必须讲求平仄，讲求对仗，讲求意境；在张贴的时候必须上联在右，下联在左。这是基本常识。

现在的对联，讲平仄的不多了，许多作者连什么是平仄都不知道。对仗还讲，但已没有过去那么严格，至于意境，在乎的人也不多见。在张挂上，更是毫不讲究，因为现代人的阅读习惯，绝大多数人不懂传统对联右上左下的要求，把本应上联在右、下联在左的对联，硬生生搞成左上右下——彻底贴反了。

如果说，平民百姓这样做是因为确实不懂，还可以理解，那么一些一直在传统文化中浸淫的地方，这样做就有点不可理喻了。前不久，一家鼎鼎大名的千年古刹，居然把张挂了上百年的名联“璧津楼前三水合流明匹练；青衣江上孤峰卓立秀单椒”也不小心挂反了，引起地方文化学者和游客质疑。这起小小公案，后来通过景区旅游管理部门干预，总算纠正过来，没有让笑话延续下去。

今天有些人不懂对联常识，随处可见乱劈柴，而对联文化又是如此普及，涉及社会生活的方方面面，这就需要正本清源。为了避免笑话越来越多，当今的社会迫切需要重新普及对联的基本常识，让爱好者从头学起，蒲运乾老师就主动担当了这个责任。

1994年，四川省第三届青年运动会在乐山举行。那是乐山承办的一场盛会，非常隆重，我是现场采访报道的记者之一。整个运动会期间，都看到一个壮实的中年汉子忙碌的身影。他游离于观众之外，挎一个大大的摄影包，端着相机，密切关注场内的状况，心无旁骛，聚精会神，抓角度，抢光线，找动感，记录最美妙的瞬间。但见他，时而静如处子，时而动如脱兔，时而攀高俯拍，时而伏地仰摄。哦，好一个敬业的摄影师！

后来，在类似的公共场合多次见到他，我很好奇，便有“识荆”之愿。我趁他休息之际，主动攀谈，原来他不是专职的摄影家，而是乐山一职中的语文老师（我还曾经是他的同行），摄影只是业余爱好。业余久了，就操练成了专业摄影家。摆谈深入，得知他的公子曾是我在乐山一中教书时隔壁班级的学生，课间跟我有过亲密接触，算是半个师生缘。于是大家抚掌一笑，感叹人生何处不相逢！

初次跟蒲运乾老师打交道，便感觉出他的与众不同：深厚的学养，亲切的笑容，温软的语言，雷厉风行的作风，无论做事做人，都追求至真至善。难怪得，这老先生浑身上下没有一丝市井气，处处透出长者风。

后来我到乐山广播电视报报社工作，我们经常见面，成了朋友，却是君子之交淡如水。他是报社的忠实作者，摄影佳作和文字经常登上报端，为这份当年曾在乐山颇受欢迎的小报增色不少。

我认识他的一儿两女，堪称金童玉女：儿子生得帅气儒雅，勤奋好学，积极上进，继承了乃父的家风，大学毕业后不久，便在成都名校执掌教席，现在已晋升教育教学管理的要津，前途无量；两个女儿美丽温婉，聪慧贤淑，有大家闺秀的风范。我想，乐山一职中的孩子们，有蒲运乾这样的好老师每天言传身教、耳提面命，对于他们心智的发育、心性的养成，是可遇而不可求的人生际遇——这又是多么地幸福！

去年，蒲老师送我几期《马湖艺苑》。慢慢翻阅，这才知道先生老家在大凉山区的雷波县，从小生在山区，喝马湖水长大，然后走出大山，服务于古嘉州，从此在这块土地上稳稳扎根并开枝散叶。如今渐入老境，便用文字反哺生他养他的故乡山水。

蒲老师在《马湖艺苑》不仅写散文歌颂家乡，还义务担任老师，点评每期刊登的应征对联。每次点评都是语重心长，切中肯綮。后来，他老先生一边给人点评对联，一边发表连载文章《对联写作例谈》。他用深入浅出的方式，生动活泼的语言，顺手拈来的成例，从八个方面，把对联的子丑寅卯说得清清楚楚明明白白，让初学者受益匪浅。

作为一个县的综合性文艺刊物，《马湖艺苑》尽管很受欢迎，但受众毕竟有限。在朋友们的支持下，应更多读者的要求，蒲老师决定在增加一定内容的基础上，把《对联写作例谈》结集成书，以飨更多的读者，让人们了解真正的对联文化。

竭尽全力，呕心沥血，只为了让优秀传统文化更加深入人心，更加发扬光大，这是一个语文老教师的情怀，值得我们由衷地尊敬！希望本书的读者们，从这本知识性、趣味性、实用性极强的小书中，能够得到尽可能多的教益。

丹青不知老将至，富贵于我如浮云。

出生于1937年的蒲运乾老师，今年已经82岁。82岁，在他人眼中绝对是高龄，他却似乎没有老的感觉。这得益于平生行为的端方严正（没有烟酒麻将之类的嗜好），更得力于摄影家跋山涉水行走四方的长期体力锻炼，老人至今背不驼腰身健，耳不聋眼不花，每天读书写作思路清晰（前不久才出版专著《付梓集》），外出旅行顺带玩摄影，走起路来脚步咚咚如擂鼓。看他这架势，再过20年，生活依然有质量。好一个“高龄青年”！祝愿先生越活越精神！

仅以这篇小文附于骥尾，祝贺《对联写作例谈》的出版。

嘉州后学　邓碧清

2019年7月

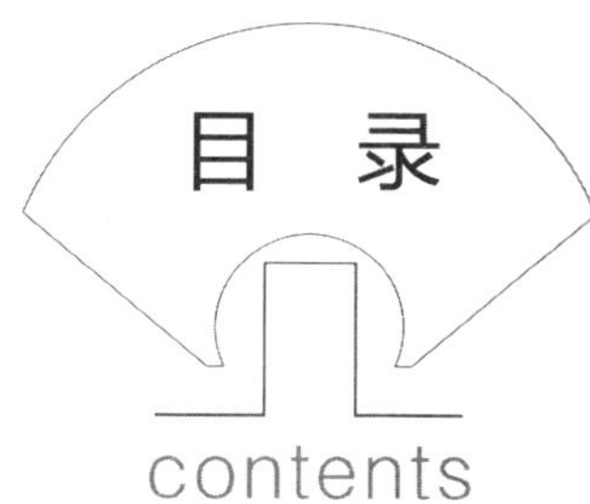

目录

contents

引　言

对联俗称对子、联语，因其多张挂或粘贴于堂屋大门两边的楹柱上，故又称楹联或楹帖。它是我国特有的文学艺术形式，唯有使用方块字，能横排也能竖排的汉语言才能写出字数相等、长短一致的对联，其他使用拼音文字的国家、民族是做不到的。对联又是我国的国粹，它对仗工整、音韵和谐、内涵丰富、表达灵活，应用广泛，雅俗共赏。从它诞生起，上至王公贵族、高士文人，下至士农工商、平民百姓都非常喜爱。直至今天，世界上凡有华人的地方，都有它那让人喜闻乐见的身影。

据史料记载，对联产生于五代的后蜀。一年春节，后蜀主孟昶心血来潮，突发奇想，令学士辛寅逊等题句于宫中寝门的桃木板上，以取代传统的在桃木板上画门神或写上“神荼”“郁垒”之类以驱鬼压邪的桃符。但他觉得辛学士等题词不工，就亲自在桃木板上题道：

新年纳余庆，

佳节号长春。

意思是：新的一年到来了，但我们仍接纳、享受着上年余留下来的喜庆、福祉；值此新春佳节之际，让我们呼唤、迎接长久春天的到来吧。简言之，就是祈愿“春常在，福长留”。令这位后蜀皇帝意想不到的是：他这一题，竟是一个伟大的开创，“余庆”“长春”偶句，竟成了我国历史上有文字记载的最早的一副对联！这对联（春联）的诞生地就是“天府之国”的成都。

2015 年 4 月，我在南京“阅江楼”看到介绍明太祖朱元璋的文字，称他有几大发明，其中有一项就是首创了对联。这使我十分惊讶。朱元璋非常喜爱对联，也擅长写对联不假，但他创立的明朝与孟昶所处的五代相比，已经跨越了宋、辽、金、元几个朝代了，无论他写了多少妙对佳联，也不能算首创。不过，朱元璋与春联倒有一段有趣的佳话：在朱元璋一统华夏之后，曾在一年春节颁布谕旨：“公卿士庶之家，须贴春联一副，以缀新年。”除夕之夜，他微服巡查金陵大小街巷，见一户门上没有张贴春联，一问，方知主人是没有文化的阉猪匠，朱元璋吩咐备齐纸笔，代为写出一副春联：

双手劈开生死路，

一刀斩断是非根。

不仅语言通俗流畅，对仗工整严谨，而且喻示了户主从事行业的特点，把其劳作的状态描写得十分生动传神，尤其“是非根”一说，既是调侃又耐人寻味。朱元璋擅长对联之法，由此可见一斑。时人称他为“对联天子”，也就不足为奇了。朱元璋对对联的身体力行和明令推广，使对联迅速传遍华夏大地，飞入寻常百姓家。其于对联艺术的普及和提高功不可没，颇受后人推崇。

虽说对联最先以春联的形式产生于五代，但这种对偶句式和对偶修辞之法绝非孟昶的发明。追溯历史，自先秦、两汉、三国、两晋至南北朝，在其时的诗文中，就出现了一些比较整齐的对偶句，其中起于东汉盛于南北朝的辞赋，整篇文章多由对偶句组成，称排偶、骈偶或骈体文。但是，这种最早出现于古诗、文中的对偶句并不完全符合对联的规范，在用字、对仗、韵律方面都还处于初级阶段。到了唐代，格律诗产生，在其五律、七律中，第三、四两句（颔联）和第五、六两句（颈联）都必须是对偶句，且此时的对偶句，字词对仗已很精确而工整，声韵对仗也已趋于成熟。所以，诸子百家著作中的对偶句，汉赋、唐诗中的对偶句都是对联的雏形，对联则是由它们孕育、衍生出来的。那么，可否说对联早就产生了，并非到五代才产生的？不能。因为从先秦直到汉唐诗文中的对偶句只是其中的组成部分，并未分离出来成为一种独立的文体；也没有人把它们写出来粘贴或张挂到楹柱上，称其为楹联而广泛应用；对联不受字数的限制，可以从几个字、几十字到几百字，诗歌中的对偶句则没有这种自由；对联还要写横批，与上下联共同组成一个整体，或概括中心，揭示主旨，或升华意境，渲染气氛……从而起到画龙点睛，相辅相成的作用。这些，都是对联与古代诗、文中的对偶句的显著区别。

明、清两代是楹联最辉煌的历史时期，皇帝大臣、骚人墨客，多有奇崛之作，士农工商、平民百姓则喜好有加，处处有对。尤其是清代，楹联达到了前所未有的高度和普及程度。这期间，有楹联大家梁章钜、梁恭辰父子所撰《楹联丛话》《楹联续话》等综合性的理论著述，也有车万育所著《声律启蒙》和李渔所著《笠翁对韵》一类通俗的启蒙读物，对引导人们学习对联，启发后学写作对联，都产生了深远的影响。

还要强调一点，对联与书法有密不可分的关系：对联要靠擅长书法的人用毛笔书写出来，才能张贴展示，一副好对联和一手优美的书法相结合，便会相得益彰，锦上添花。反之，没有书法的支撑，再好的对联也缺乏了载体，甚至会被埋没，失去广大群众对它阅读和鉴赏的机会。

写对联与写格律诗，写词、曲一样，要遵循格律或词谱、曲谱，不按规则，随意写出两句话来，是成不了对联的。如改革开放之初，街头就贴出过这样一副“对联”：“团结奋斗，再展宏图。”上下句意思很好，但词性、结构、节奏都不相对，不能算作合格的对联。再例如“使命重在担当，实干铸就辉煌”，它只是字数相等、整齐醒目而又让人容易记忆的两句话，没有考虑词语的对仗和平仄的对立，所以也不是对联。再看《马湖艺苑》征联的情况，也有好些不相对的例子。第 16 期征联出句是：“马年话马湖，投湖宝马今何在?”以下两联都对得不佳，“龙夜下金鸟，搅水蛟龙已有处”“人旧恋水乡，回乡风光时常有”。第 17 期征联出句是“天门雄阵，万夫莫近”，有读者对“正己守道，一片至诚。”“宝马投湖，牝牡相中。”以上对句，分别存在词性不相对，词组类型、句子结构不相同，上联用了叠字，下联未用或未全用叠字，有的下联意思不明确并与上联不相关联，有的结尾收于仄声等问题。所以，写对联一定要遵守写作规则，也就是联律。在此，遵照中国楹联学会颁布的《联律通则》，拟从字句对等、词性对品、结构对应、节律对拍、平仄对立、形对意联等六个方面逐一分章讲述。

第一章　字句对等

对联的上下联“字句对等”说的是两层意思：一层是说上联的字数与下联的字数要相等；一层是说上联有多少分句，每个分句有多少字，下联也应有多少分句，每个对应的分句也应有多少字，这样就能做到上、下联字的总数也相等了。

上下两联字数相等是写对联的最起码的要求，也是我们的汉语言文字能够适应自如的优势所在。对联是语言对偶的艺术，也是形式对称的艺术，如果字数不相等，写出来的对子就会长短不齐，看着不顺眼，读起来生别扭。要做到上下联字数相等，一般作者稍加留意都能办到，反之，上下联字数不相等的对联还很难找到，除非它是作者有意而为。可不，下面的对联正是如此。据说它还是古今第一副字数不等的奇联，该联是“挽”袁世凯的：

袁世凯千古，

中国人民万岁！（湖南　王壬秋撰）

让人看了会脱口而出：“这上下联字数不相等，‘袁世凯’对不起‘中国人民’。”作者要的就是这句话，借以让人在不经意间道出其设定的弦外之音来。袁世凯复辟帝制，扼杀共和，开历史倒车，岂止无颜见“江东父老”，更是千古罪人！

那么，一副对联的字数以多少为宜呢？回答是：没有定数。一个字的单音词可以成对，两个字、三个字也可以成对，但一般不适合写出来张贴。四字以上至十余字，都是适合书写张贴的。少于四字的短联，多达数十字、百余字、数百字的长联都较为少见。那种数十字、数百字以上的长联，在一联之中还包含若干个分句，这样上下两联的分句数也要相等，相对应分句的字数也要相等，只有这样，上联的总字数和下联的总字数才能相等。这就不是一件轻而易举的事了，撰联者在构思、遣词造句时就得多费心思。总之，一副对联，字少了，内容单一；字太多，写作起来难度又很大，一般人很难涉足。下面，列举一些四字以下短联和百字以上的长联供品赏。

一字联

1. 墨——泉

这一联“泉”对“墨”是名词对名词，平声对仄声，符合对联规则。但上联的“墨”与下联的“泉”在意思上不相关联，这种对联叫作“无情对”。“墨”字上半部为“黑”，下半部为“土”；“泉”字上半部为“白”，下半部为

“水”，两两相对，这样，该联就姑且看作“析字对”了。

2. 死——生

1931年9月18日夜，非法驻扎在我国东北的日本帝国主义关东军，突然向我沈阳东北军驻地北大营猛力进攻，并重炮轰击沈阳城，打死打伤许多东北军官兵和无辜老百姓。日本帝国主义蓄谋已久的侵华战争由此爆发。在蒋介石“绝对不抵抗”命令下，日本强盗迅速占领了沈阳城，又分兵进攻东北其他城市。

“九一八事变”爆发后，全国人民义愤填膺，南京和外地赴宁的学生纷纷向国民政府示威请愿，强烈要求停止内战，一致抗日，赶走日本强盗。国民党蒋介石的军警竟然向手无寸铁的爱国学生开枪射击，死伤一百多人。在为死难爱国学生举行的追悼会上，有人挂出了一副别开生面的一字联：上联是个“死”字，下联是个倒写的“生”字，意思是宁肯站着死，决不倒着生，表达了中国人民不愿做亡国奴，坚决跟日本侵略者战斗到底的决心和意志。该联文字超短，却是一字千钧！

二字联

1. 色难——容易

此上联是明成祖朱棣有意出来考解缙的。解缙是明朝初期颇有名气的才子，明成祖在位期间的大学士，我国第一部大型百科全书《永乐大典》就是由他主持编纂的。一天，明成祖对解缙说：“我在一本书上看见两个字，想给它续个对，但想了许久也没想出来。”解缙问是哪两个字，明成祖说：“色难。”解缙听罢笑了笑说：“容易。”明成祖听他说“容易”，就静下来等他对下联，可等了好一阵也不见解缙开口，明成祖便问：“既然你说容易，怎么老半天不对给朕听呢?”解缙连忙回答说：“刚才我不是已经对出来了吗?”朱棣先是一愣，随即恍然大悟：原来他对的就是“容易”呢！让我们来分析解缙以“容易”应对的理由：上联的“色难”是两个词，“色”指“脸色、面色”，“难”表示“为难、犯难”，合起来就是“面带难色”。下联的“容易”也要把它当作两个词，“容”即“面容、容颜”，与“色”同义，词性也相同，均为名词。“易”即“平易、平和”，与“难”意思相反，但词性相同，均为形容词，合起来就是“面容平和”。如此分析，这副二字联不仅对仗工整，且又反义相对，当属上乘。但是，若将“容易”当作一个词，有“好办”“不费事”之意，这样，上下联的意思就不挨边，成了“无情对”了，无怪乎明成祖朱棣听解缙对出下联后，还不解其意，在那里静听下文呢。

2. 钓鱼——打虎

此联是少年郭沫若与私塾先生在课堂上的对答联。一天，先生钓鱼归来，进了课堂，在给学生们评字时，顺手在黑板上写出“钓鱼”两字，要求学生对个对子。恰好郭沫若前几天在镇上看了木偶戏《杨香打虎》，脑子一转，向着先生脱口而出“打虎”。一个六岁的小子竟然对得又快又好，让先生情不自禁地拍案叫好。事后，先生向郭沫若的父亲谈起此事，直夸：“此子出口不凡，将来必成大器！”

三字联

1. 独角兽——比目鱼

此联是少年鲁迅在私塾课堂上完成的对课作业。当年，鲁迅在“三味书屋”读书，一天，塾师寿镜吾在课堂上出了个上联——“独角兽”，叫学生们对个下联。学生们跃跃欲试，纷纷提笔应对，有对“两头蛇”的，有对“四眼狗”的，还有对“八角虫”“九头鸟”的，先生看了都不满意。鲁迅交出的下联是“比目鱼”，先生一看便点头称是。这到底是何原因呢？原来上联的第一字“独”虽表示“一”，但它不是数词，所以学生们以“两”“四”“八”“九”等数词来对，都不合先生心意，而鲁迅对的“比”有“二”和“两”的意思，但它也不是数词，所以，受到先生特别的赞赏。至于第二字和第三字都不是对课的难点，只要第二字以动物的某一器官相对，第三字以某一动物相对就八九不离十了。第三字以某一动物相对为什么还不全对呢？因为还要考虑到平仄关系，下联末字必须是平声，有的学生以属仄声的“狗”“鸟”来对，也是不被认可的。“独”“比”这种能表示数目而又不是数词的词，现代汉语给它取了个很贴切的名称——“准数词”。

2. 孙行者——胡适之

此联出句不凡，对句也不凡，一语中的，获得满分，在当时的社会上曾引起广泛的关注。直至今天，联界对于下联对得是否工整、妥帖，也还存在不同意见。

据梁羽生先生《名联谈趣》一书介绍，此上联是 1933 年清华大学新生入学考试国文考题之一。梁先生说：“当时清华大学国文系主任朱自清休假出国，由刘叔雅先生代理系主任。刘请陈寅恪（清华大学教授，历史学家、古典文学研究家、语言学家、诗人）代拟试题，恰陈先生已定于次日赴北戴河休养，遂匆匆草就普通作文题《梦游清华园记》，另出对子题‘孙行者’。”据介绍，陈寅恪先生出此上联，目的就是想让考生以“胡适之”应对，造成姓氏中的“胡”对“孙”，而与“猢狲”谐音，以之与胡博士开个玩笑。胡适之是当时全国皆知的名人，积极倡导白话文运动的“新文学家”。但有一件事情让他遭到上流社会和知识界人士的诟病。据说已经“逊位”的清朝末代皇帝溥仪在宫中安装电话后，打给电话的第二人就是胡适之。胡接到电话后，便进宫会见溥仪，并称溥仪“皇上”，更有甚者，说他向溥仪叩头。此举于当时的新文化运动，产生了很坏的影响。陈教授以“孙行者”作上联，其用意便在此。若干年后，以“胡适之”对“孙行者”的考生刘子钦写信向梁羽生先生透露，以“胡”对“孙”正好与“猢狲”谐音，暗示胡适之是个孙悟空一类的善变的人物，这就是“一个小小考生”，向胡博士开的一个玩笑。出句者与对句者如此不谋而合实在是难得，从对句方而言，当时的“小小考生”的确聪颖过人，心有灵犀，还反映出他非常关心时政，怀有激越的家国情怀。

但就是这位介绍此联来龙去脉的梁羽生先生，认为以“胡适之”应对没有以“祖冲之”应对好，他认为“‘祖’‘孙’相对，天造地设”，词性、平仄都对得工整，意思也相关。当年，与梁羽生先生意见相反的何宝星先生则认为，以“胡适之”对“孙行者”才是天造地设的佳对。在此，笔者也赞成何宝星先生的意见。笔者认为“孙”对“胡”是姓氏相对，“行”对“适”是动词相对，“者”对“之”是文言虚词相对，词性对得很工整，此处人名均是三音节词，节奏点上的字“者”与“之”是仄与平相对，符合“仄起平收”的规则。笔者还揣想：出联者的目的，并不要求上下两联的意思要相关，对个无情对也许更好，以便与胡博士开个玩笑，幽他一默而已。

三字及以下的短联就谈这些。至于长联，仅介绍一点概况，不拟过多举例了。

写长联之风起于清代，也盛于清代。最早的长联是昆明大观楼长联，全联 180 字；最长的一副长联是江津县（今江津市）临江城楼联，全联 1612 字，作者是清代钟云舫。全国各地均有长达数百字的长联，在此不便一一举例。现仅将昆明大观楼长联转录于后，供大家学习欣赏。

此联被誉为“天下第一长联”“古今第一长联”“海内第一长联第一佳者”。写成于清乾隆年间（约为 1765 年），撰联者为清代孙髯，“髯翁”是他的字。

五百里滇池，奔来眼底，披襟岸帻，喜茫茫空阔无边。看东骧神骏，西翥灵仪，北走蜿蜒，南翔缟素。高人韵士，何妨选胜登临。趁蟹屿螺洲，梳裹就风鬟雾鬓；更苹天苇地，点缀些翠羽丹霞。莫辜负四围香稻，万顷晴沙，九夏芙蓉，三春杨柳；

数千年往事，注到心头，把酒凌虚，叹滚滚英雄谁在。想汉习楼船，唐标铁柱，宋挥玉斧，元跨革囊。伟业丰功，费尽移山心力。尽珠帘画栋，卷不及暮雨朝云；便断碣残碑，都付与苍烟落照。只赢得几杵疏钟，半江渔火，两行秋雁，一枕清霜。

作者在此引用一段电视纪录片《楹联里的中国》里对此长联的评介文字，供读者们研习参考："大观楼长联，全联可以说是由两篇优美的散文诗构成。上联写景，如同一幅幅山水画：远处四山环抱，滇池碧波荡漾，四时美景各有情致；下联咏史，好像一篇叙事史诗，概括了和云南有关的重大历史事件：从雄才大略的汉武帝，到南征北战的忽必烈，千年往事，寥寥数笔，感慨岁月苍凉，世事无常，多少帝王丰功伟绩不过过眼云烟……这副长联联中套联，有骈文面貌，诗词韵味，散文风骨，古今汇合，浑然一体，气魄之大，无与伦比。"

第二章　词性对品

写对联要求上下联相对应的词词性相同，现代汉语的词类分实词、虚词两大类，因此，首先要求实词对实词，虚词对虚词，然后才是实词中的名词对名词，动词对动词，形容词对形容词，数词对数词，量词对量词，代词对代词；虚词中的副词对副词，介词对介词，连词对连词，助词对助词，叹词对叹词，拟声词对拟声词，等等。词类的属性相同相对或符合传统的对仗种类的词相对，即是词性对品。这是从大处、总体而言的。古人在律诗的对仗中，有三种特殊的对仗：数目对（即表数目的词相对）、颜色对（即表颜色的形容词相对）、方位对（即表方位的名词相对），其实也是词性相同相对，只不过细化了点。古人还有更细化的对仗要求，即把名词分为若干品类，如天文类、地理类、时令类、动物类（飞鸟、走兽、鳞介、昆虫）、植物类（菽粟、草木、花卉、果品），还有帝后、职官、政治、礼仪、音乐、人伦、人物、闺阁、形体、文事、武备、技艺、外教、珍宝、宫室、器用、服饰、饮食、布帛等共计三十个品类，在写作对偶句时，就要求以相同品类的词相对。不过，在实践中古人也允许品类相邻近的词可以互相通对，如天文与时令，天文与地理，地理与宫室，草木与花卉、果品，飞鸟与走兽、鳞介、昆虫等，称“义类对应”。古人在律诗对仗中的这些规则，也顺理成章地成了写作对联的规范要求。

在《声律启蒙》中，这种“义类对应”是不乏例子的。例如：云对雨，雪对风，晚照对晴空（天文类）；来鸿对去燕，宿鸟对鸣虫（飞鸟与昆虫类）；白叟对黄童，牧子对渔翁（颜色、人物类）；春对夏，秋对冬（时令类），暮鼓对晨钟（礼仪或音乐类）；楼对阁，户对窗，巨海对长江（闱阁、地理类）；旌对旆，盖对幢（武备类），故国对他邦（政治类）；戈对甲，鼓对旗（武备类），紫燕对黄鹂（颜色、飞鸟类）；服美对乘肥，珊瑚对玳瑁，锦绣对珠玑（服饰、器用、珍宝类）；短褐对华裾（服饰类）；作赋对观书（文事类）；绿窗对朱户（宫室类），宝马对香车（器用类）；仁对义，让对恭（礼仪类），禹舜对羲农（帝后类）；陈后主，汉中宗（帝后类），绣虎对雕龙（明为走兽类，实为人物类。绣虎指代曹植，雕龙指代《文心雕龙》的作者刘勰）。

以上是关于“词性对品”的概括叙述，下面对各类实词相对仗的情况一一举例介绍，对虚词就不单独举例了，因为虚词是不表示实在意义的，它们只有配合实词造句时，才好向大家介绍。在此还要提请读者在看相对应的例词时，顺便想想两者之间的平仄关系，这样好为以后专门介绍“平仄对立”时打下一些基础。

1. 单音节词相对

名词：

云——雨　地——空　春——夏　古——今

声——色　始——终　金——玉　箭——弓

秦——赵　陕——川　熊——虎　柏——杉

动词：

沿——革　让——恭　存——在　失——消

思——念　愿——能　吟——唱　止——行

来——去　合——开　传——授　想——瞧

形容词：

宽——窄　凸——凹　难——易　矮——高

明——晦　苦——甘　轻——重　绿——红

优——劣　富——贫　肥——瘦　浊——清

代词、数词、量词：

谁——我　你——他　吾——汝　独——双

千——万　俩——仨　分——寸　两——斤

张——页　杆——根　筐——袋　本——篇

2. 双音节词相对

螳螂——蟋蟀　　橄榄——葡萄　　珊瑚——玳瑁

芍药——芙蓉　　玻璃——玛瑙　　鹦鹉——鹧鸪

螵蛸——蝌蚪　　辗转——蹉跎　　缥缈——朦胧

芳菲——烂熳　　逶迤——磅礴　　迢递——嵯峨

踌躇——慷慨　　汹涌——潺湲　　迢遥——潋滟

睍睆——呢喃

以上是双音节的“单纯词”相对。前面第一至七组均是名词相对，第八组是动词相对，第九至十六组是形容词相对。

现代汉语的“单纯词”，是指由一个语素（也称词素）构成的词。因为语素是最小的语言（意义）单位，所以单纯词也只是一个最小的语言单位，不管它是多少字组成的，都只表示一个单一的意思，把它分开后就没有意思了。比如上面首个例词“螳螂”，它的意思是指一种昆虫，全身绿色或土黄色，捕食田间害虫，对农业有利。但若把它分开后，“螳”和“螂”就都没有意思，而是两个只有语音的文字了。一个有趣的事实是，历史上马湖之滨的黄琅古镇也叫过“螳螂”，听说云南巧家附近有个小地名，历史上也叫“螳螂”的。古人用一个单纯词来给人或地域命名，并非个例，如电视剧《芈月传》中，楚威后的侍女就一个叫玳瑁，一个叫珊瑚。又如古代有的民族，有的地方，有的小国的名称也是个单纯词，像“鞑靼”“楼兰”“鄯善”等。可见双声的单纯词在古汉语中是不鲜见的，古汉语管它们叫“联绵字”（也称“联绵词”）。“联绵字”分三种类型：双声的，即两个字的声母相同，如“芳菲”“楼兰”；叠韵的，即两个字的韵母相同，如“迢遥”“螳螂”；既非双声又非叠韵的，如“玛瑙”“玻璃”“妯娌”“芙蕖”，等等。我们在写对联或是写律诗的颔联、颈联时，遇到上联中出现了联绵字，那么在下联相应的位置上也应该用联绵字。看下面的例句（联绵字用黑体字标出）：

秦岭云横，**迢递**八千远路；巫山雨洗，**嵯峨**十二危峰。[①]

五岭**逶迤**腾细浪，乌蒙**磅礴**走泥丸。[②]

下面是双音节“合成词”相对。双音节“合成词”是由两个语素构成的，即两个字各自含有一定的意思，合起来表示一个完整的意思。双音节合成词在现代汉语词汇中数量是最多的，其构成方式也多种多样。了解双音节合成词的构成方式对学词、用词，特别是对写好对联至关重要。现举例如下：

橘柚——梧桐　　虎豹——熊罴　　雨雪——风霜

①选自《声律启蒙撮要》卷上。
②选自毛泽东《长征》。

涧壑——林泉　　酝酿——调和　　饱暖——饥寒

倨傲——谦恭　　肃静——喧哗

以上是“并列式”合成词相对。“并列式”合成词中，两个语素表达的意思是均等的，没有主次之分。再看词性，前四组均是名词相对，第五组是动词相对，第六、七、八三组是形容词相对。

故国——他邦　　海角——天涯　　达士——名儒

剑客——琴师　　暮鼓——晨钟　　草舍——柴扉

胜友——高朋　　舜日——尧天

以上是“偏正式”合成词相对。“偏正式”合成词中，两个语素表达的意思有轻重主次之分，即后一个语素为主，前一个语素为次，前一个语素对后一个语素起修饰、限制的作用。以上八组对仗的词均是名词。

流光——溢彩　　起凤——腾蛟　　骑驴——策马

凿井——耕田　　游山——玩水　　煮酒——烹茶

网鱼——罗雀　　落日——流霞

以上是“支配式”合成词相对。“支配式”合成词中，前一个语素表示一种动作，后一个语素表示受动作支配的事物。前面七组对仗的词均是动词，第八个对子是名词相对。

鱼跃——鸢飞　　虎踞——龙盘　　地利——人和

地迥——天高　　日暮——途穷　　义正——辞严

桂馥——兰芬　　齿皓——唇红

以上是“陈述式”合成词相对。“陈述式”合成词中，前一个语素表示陈述的对象，后一个语素表示陈述的内容。第一、二两组是动词相对，第三组是名词相对，第四到第八组是形容词相对。

巍巍——荡荡　　袅袅——潇潇　　浓浓——淡淡

洽洽——翩翩　　悠悠——炯炯　　灿灿——圆圆

茸茸——灼灼　　皎皎——皑皑

以上是“重叠式”合成词相对。“重叠式”合成词是由一个单音节语素重叠起来构成的。以上各组均为形容词相对。

以上分别介绍了并列式、偏正式、支配式、陈述式、重叠式等五种合成词组成对子的例子，这些例子在传统的对联或今人写作的对联中都是不难发现的。另外还有补充式、附加式、名量式三种合成词，在对联中见得少些，但我还是尽量遴选出一些例词，把它们组成对子，供读者参考，以备不时之需。

相中——看准　　道尽——说完　　疏通——切断

打倒——推翻　　揭穿——识破　　缩小——张开

帅呆——酷毙　　瘦瘪——肥圆

以上是“补充式”合成词相对。“补充式”合成词中，前一个语素表示某种动作、行为，后一个语素补充说明动作行为的结果；或者前一个语素表示事物的形状、性质，后一个语素表示其程度、状况。其中，第一至六组是动词相对，第七、八两组是形容词相对。

钻子——斧头　　记者——作家　　阿哥——阿妹

老弟——老兄　　铲子——犁头　　耕者——渔家

惰性——恶化　　第五——初三

以上是“附加式”合成词相对。“附加式”合成词中，有一个语素表示实在意义，另一个不表示实在意义，只作辅助成分，附加在表示实在意义的语素的前头或后头。例对中的实语素用黑体字表示。第一至六组是名词相对，第七组是形容词相对，第八组是序数词相对。

船只——车辆　　书本——纸张　　枪支——笔杆

花朵——人员　　木条——柴捆　　羊群——马匹

粮担——布匹　　灯盏——烟袋

以上是“名量式”合成词相对。“名量式”合成词中，前一个语素表示实体事物的名称，后一个表示这种事物的计量单位（表示计量单位的词用黑体字表示），有的语法书上把这种类型的词叫作“物量词”。它们全都是名词。

介绍了双音节合成词相对应的实例后，让我们结合《马湖艺苑》近期征联活动的情况来对照。例如：第十五期征联出句是“文章家国事，事事关心”，其中“文章”是偏正式名词（也可以看作名量式名词），“家国”是并列式名词，“关心”是支配式动词。我们来看看下面的几个对句：1. 道德舜尧天，天天盛世。其中“道德”是并列式名词，“盛世”是偏正式名词，与它们对应的词不相对。2. 彝寨移民村，村村兴旺。其中“移民”是支配式动词，“兴旺”是并列式形容词，与其对应的词不相对。3. 鸾凤和鸣声，声声入耳。其中“鸾凤”是并列式名词，“和鸣”是偏正式动词，与其对应的词不相对。4. 曲赋诗词篇，篇篇押韵。其中“曲赋”“诗词”是并列式名词（也可以把“曲”“赋”“诗”“词”看作四个单音节名词），“曲赋诗词”则是联合词组，均与其对应的词不相对。本期获一等奖的下联是：时世舜尧天，天天降福。其中“时世”是偏正式名词，意思是“当今社会”，“舜尧”是并列式名词，用来修饰“天”，“舜尧天”是成语“舜日尧天”的省略用法，比喻“太平盛世”，“降福”是支配式动词。全联对仗十分工整，思想性亦强。第十六期征联出句是：马年话马湖，投湖宝马今何在？句中“马年、马湖、宝马”三个词都是偏正式名词，“话”这里作动词，“投湖”是支配式动词，“今”是表时间的名词，“何”是疑问代词，“在”是表存现的动词。应对的难点之一是重叠词的应用，上联用了三个“马”字和两个“湖”字，第二个难点是“今何在”这个疑问句，这是最大的难点。下面就结合一些对句来看看。1. 家训传家德，树德居家永其昌。其中“家训传家德，树德”对得很好，“居家”则是支配式动词，“永”是形容词，“其”是指示代词，“昌”是形容词，都与上联对不上。2. 公仆负公责，严责秉公世代传。前面“公仆负公责，严责”中除了“负”是仄声不对外，其余都对得好。后面“秉公”是支配式动词；“世代”是一个并列式名词，不能与“今”“何”两个词相对。3. 盛世观盛事，国事昌盛进富强。前半句“盛世观盛事”对得好，后面“国事”是偏正式名词，“昌盛”并列式形容词，“进”是动词；“富强”是一个并列式形容词，不能与“何”“在”两个词相对。此次获一、二等奖的三条下联都对得很好，兹录于后，供读者朋友们品评：1. 龙地居龙族，兴族巨龙现起飞。2. 鱼岛撒（此字用平声更好）鱼网，漏网肥鱼现怎逃。3. 花甲疏花径，掩径琼花昔谁栽？作者尤其赞赏的是“现怎逃”与“昔谁栽”，它们与“今何在”对仗得实在太工巧了，或可谓天衣无缝！

3. 三音节词相对

忘忧草——解语花　　云梦泽——月波亭

保俶塔——波僧桥　　乌衣巷——朱雀桥

鹿耳草——鸡冠花　　独角兽——比目鱼

三门峡——九寨沟　　溪洛渡——浪淘沙

连云港——望海楼

以上三音节词全是名词。

“三音节词”顾名思义只是一个词而非词组，三个字是不能拆开的，拆开后它们可能仍是两个或三个有意义的单位，但已经不是原来意义上的词了。“三音节词”在组成对子时，各有其内在结构的特点，不是随便拿来就可组对的。例子中的前五个对子节选自《声律启蒙·附三、时古对类》，第六个对子是少年鲁迅在老师出上联后对出的精彩下联，后三个对子是作者经过大浪淘沙，披沙拣金，精巧搭配而成。现分别谈谈配对的思路。先看“三门峡”对“九寨沟”。“三”与“九”是数字相对；“门”与“寨”是相关事物相对，两者是部分与整体的关系；“峡”与“沟”是相类事物的相对，“峡”是两山对峙，中流江河，“沟”是两山对峙，中流溪涧。音韵方面，“三门峡”是“平平仄”，“九寨沟”是“仄仄平”。两词组对，工整至极。再看“溪洛渡”对“浪淘沙”。“溪洛渡”是金沙江上一渡口名，如今更是我国第二大水电站名，“浪淘沙”是词牌名，两者词性一致。联意方面，渡口江河流万古，江中日夜浪淘沙，两者相依共存。音韵方面，“溪洛渡”是“平仄仄”，“浪淘沙”是“仄平平”。文字结构方面，六个字的偏旁都是三点水，难得有如此的巧合。所以，“溪洛渡”与“浪淘沙”的组对，浑然天成。至于用“连云港”与“望海楼”组对，则有一段让人纠结、费解的故事。大约是 20 世纪 80 年代末期，《中国青年报》刊登了一则征联启事，是海南省海口市望海国际大酒店举办的，该酒店的主体建筑叫“望海楼”，出联者便别出心裁地以“楼望海，海望楼”为出句，向全国征集上联。我当时也积极参与，我想：这虽是一个六字联，实质上只用了三个字，出联者就在这三个字上“做文章”，先将“楼”字提到名称的前面变成“楼望海”，做出句的上半句，再将这上半句倒着念成“海望楼”拿来做下半句。全句包含了两种修辞方法，“海”与“海”相接用了“顶真法”，先顺念后倒念则是“回文”。我想，应对时用上这两种技法并不难，难的是要找到一个与“望海楼”对应的三音节词，意思上要相关联，平仄上要相对应。

按照这一构想，我冥思苦想了半个多月，也没找到理想的名称。我曾经想过与“望海楼”相映衬的，应该是水天一色的景象，所以我想到了甘肃“天水”这个地名，但它只是个双音节的地名，要是在前面有个“连”字，叫“连天水”就好了，以下问题便可迎刃而解。然而，“天水”毕竟变不成“连天水”，我终于打消了这一念头！临到征联快要截稿时，一天，我正在看中央电视台的《新闻联播》，突然看到一则报道江苏“连云港”的新闻，“连云港”三个字一下子深深印入我的脑海中，这不就是我苦苦搜寻的地名吗？仔细分析其中的语素：“连”表示动作，“云”表示名称，“港”表示名称，与出句中的“望”表示动作，“海”表示名称，“楼”表示名称，对得很工整，整个词性相同；

音韵谐调，“连云港”是“平平仄”，“望海楼”是“仄仄平”；意思上“云”“海”相映衬，“港”“楼”相关联；“望”和“连”这两个表示动作的语素均有其特殊性，即通过它们连接的事物，顺着念倒过来念都说得通，既可以说“楼望海”也可以说“海望楼”，既可以说“港连云”也可以说“云连港”，具有可逆性。有的表示动作的词或语素则不然。比如“打”字，“他打你”就不能说成“你打他”，那样就把是非、黑白颠倒了。随即，我把对出的上联“港连云，云连港”写好寄出。不久，征联揭晓了，《中国青年报》上赫然登出：一等奖“水连天，天连水”！看到报纸，我当即蒙了、傻眼了！与我同时在学校收发室看报的一个在读高中生更是既失悔又无奈地对我说：“我就想过用‘水连天，天连水’来对，但又觉得恐怕不会这样简单吧，就放弃了……”我暗想，这真是英雄所见略同啊！

第三章　结构对应

结构对应，是说一副对联的上联和下联的语句结构要相同。对于这个问题，拟从两个层面来谈：一是词组相当，一是句法相同。下面就分别讲述。

一、词组相当

词组相当，就是上下联相对应的两个词组的结构类型要相同。词组（又叫短语）是由词与词按照一定的方式组合起来的比词大、比句子小的语言单位。词组的**组合方式**与合成词的**构成方式**基本上是一样的。词组的类型较多，但主要的分四种类型：联合词组、偏正词组、动宾词组和主谓词组。以下就这四种结构类型的词组逐一列举成对的例子进行介绍。

1. 联合词组相对

词和词并列地联合在一起，构成联合词组，词和词之间没有轻重、主次之分。

诗词曲赋——寺庙亭廊　　吹拉弹唱——离合悲欢

江河湖海——雪月风花　古今中外——南北西东

龟龙麟凤——春夏秋冬　之乎者也——尔矣焉哉

油盐酱醋——锅碗瓢盆　魑魅魍魉——牛鬼蛇神

赵钱孙李——甲乙丙丁　亭台楼阁——柱檩椽梁

分崩离析——生死存亡　起承转合——顿挫抑扬

以上形成对偶的每个词组，均由四个单音词联合构成。

蓬门荜户——道院僧房　杯弓蛇影——玉液琼浆

龙潭虎穴——舜日尧天　花容月貌——剑胆琴心

琼楼玉宇——云影波光　愁云惨雾——骇浪惊涛

清风明月——近水遥山　崇山峻岭——大厦高楼

青山绿水——白鹭黄莺　长枪短炮——近距远焦

黄钟大吕——巨制鸿篇　良师益友——灼见真知

以上形成对偶的每个词组，均由两个偏正式合成词联合构成。须注意的是，有的偏正式合成词是由名词修饰名词构成的，如前面五组；有的偏正式合成词是由形容词修饰名词构成的，如后面七组。

删繁就简——领异标新　刺贪刺虐——写鬼写妖

沽名钓誉——斗角钩心　承前启后——继往开来

披星戴月——背井离乡　调兵遣将——治国安邦

焚琴煮鹤——惜玉怜香　沉鱼落雁——闭月羞花

改弦易辙——革故鼎新　审时度势——戮力同心

扶危济困——问暖嘘寒　　求真务实——反腐倡廉

以上形成对偶的每个词组，均由两个支配式合成词联合构成。

嘴尖皮厚——头重脚轻　　山鸣谷应——海阔天空

花明柳暗——桂馥兰芬　　莺歌燕舞——鸟语花香

兵多将广——财大气粗　　时乖命蹇——祸结兵连

天翻地覆——虎踞龙盘　　星移斗转——海晏河清

山高月小——心旷神怡　　风调雨顺——国泰民安

文从字顺——语重心长　　风驰电掣——云起龙骧

以上形成对偶的每个词组，均由两个陈述式合成词联合构成。

轰轰烈烈——郁郁葱葱　　卿卿我我——口口声声

形形色色——战战兢兢　　风言风语——大是大非

全心全意——大慈大悲　　人山人海——古色古香

毕恭毕敬——亦步亦趋　　诚惶诚恐——将信将疑

不伦不类——若即若离　　可歌可泣——相辅相成

半推半就——一唱一和　　十全十美——一字一珠

千方百计——五次三番　　五光十色——万缕千丝

以上形成对偶的每个词组均是联合词组，但构成的方式多种多样：有的是两字重叠加两字重叠构成（第一至第三组）；有的是一、三字重叠，二、四字意义相近或相对、相反（第四至第十组）；有的一、三字是同一数字，二、四字意思相关（第十一、十二两组）；有的是一、三字是不同的数字，二、四字意义相关（第十三、十四两组）；等等。

2. 偏正词组相对

词和词之间有修饰和被修饰，限制和被限制，补充和被补充的关系，这样构成的词组叫偏正词组。其中，被修饰、被限制、被补充的词为“正”，也叫“中心词”，用来修饰、限制、补充的词为“偏”。

山间竹笋——墙上芦苇　　格林童话——伊索寓言

蹉跎岁月——苜蓿生涯　　名山事业——锦绣前程

生花妙笔——立地书橱　　膏粱子弟——铁石心肠

向阳花木——近水楼台　　阳春白雪——下里巴人

人间地狱——世外桃源　　小家碧玉——掌上明珠

中流砥柱——天上石麟　　九霄云外——十字街头

以上形成对偶的每个偏正词组，其中心词均在后，都是名词，如“竹笋”“芦苇”；“童话”“寓言”等。前面修饰、限制它的词都叫定语，如“山间”“墙上”；“格林”“伊索”等。换句话说，名词前面的修饰、限制语就叫定语。这种结构称为“定心结构”。

埋头苦干——袖手旁观　　班门弄斧——同室操戈

扪心自问——洗耳恭听　　江心补漏——海底捞针

心中有数——锦上添花　　招摇过市——草率收兵

优柔寡断——杂乱无章　　头头是道——栩栩如生

浅尝辄止——满载而归　　滔滔不绝——侃侃而谈

百年不遇——千载难逢　　千夫所指——一面之交

以上形成对偶的偏正词组，其中心词均在后，都是动词，如“苦干”“旁观”“弄斧”“操戈”等。前面修饰、限制它的词都叫状语，如“埋头”“袖手”“班门”“同室”等。换句话说，动词、形容词前面的修饰、限制语就叫状语。这种结构称为“状心结构”。此外，上面少数偏正词组中的“辄”“而”“所”“之”等词都是虚词，它们既不属于状语，也不属于中心词，只在状语和中心词之间，起帮助构成词组的作用。

流离失所——泛滥成灾　　惊惶失措——镇定自如

模棱两可——坚定不移　　恼羞成怒——暴跳如雷

从容不迫——欣喜若狂　　悠然自得——畏缩不前

执迷不悟——荒谬绝伦　　指挥若定——顾盼自雄

垂涎欲滴——狼狈不堪　　持之有故——从善如流

临危不惧——在劫难逃　　流芳百世——遗臭万年

坚如磐石——稳若泰山　　亲如手足——冷若冰霜

言而有信——习以为常　　回天乏术——入地无门

以上偏正词组的中心词在前，有的是动词，如“流离”

“泛滥”“恼羞”“暴跳”等；有的是形容词，如“惊惶”“镇定”“执迷”“荒谬”等。它们后面的词，起补充说明作用，叫作“补语”。换句话说，动词、形容词后面的补充说明语就叫“补语”。这种结构可称为“补心结构”（有的书上称为“述补结构”）。

3. 动宾词组相对

前边的动词支配后边的名词、代词等，这样构成的词组叫“动宾词组”，后边受动词支配的名词、代词就叫“宾语”。动宾词组与“支配式”合成词的构成方式是一样的。

权衡轻重——斟酌古今　　破除迷信——漏泄春光

诛锄异己——荼毒生灵　　重温旧梦——暗送秋波

望穿秋水——响彻云霄　　附庸风雅——放浪形骸

明修栈道——暗度陈仓　　混淆黑白——颠倒是非

不知进退——莫测高深　　孤行己见——独出心裁

扫除天下——叱咤风云　　别开生面——墨守成规

广开言路——深入人心　　磨穿铁砚——费尽心机

无关痛痒——故弄玄虚　　不分畛域——略识之无

森罗万象——横扫千军　　七擒孟获——六出祁山

略输文采——稍逊风骚　　孤行己见——自食其言

4. 主谓词组相对

前边的词是陈述的对象，后边的词是用来陈述前边的词的，这样构成的词组叫主谓词组。前边的词叫“主语”，后边的词叫“谓语”。这种词组的组合方式与陈述式合成词的构成方式是一样的。

江河行地——日月经天　　空谈误国——实干兴邦

青山有幸——白铁无辜　　书山有路——学海无涯

襟怀坦白——气宇轩昂　　精神抖擞——气焰嚣张

乾坤有序——宇宙无疆　　形分上下——道合阴阳

扁鹊灵医——鲁班巧匠　　虚怀若谷——巧舌如簧

骄兵必败——独木难支　　人情冷暖——世态炎凉

忠言逆耳——硬语盘空　　蜻蜓点水——蛱蝶穿花

才高八斗——学富五车　　声情并茂——血气方刚

锋芒毕露——软硬兼施　　江波似染——湖镜如磨

妖言惑众——血口喷人　　明枪易躲——暗箭难防

十年树木——一叶知秋　　三人成虎——众口铄金

衣冠楚楚——气势汹汹　　童山濯濯——妙手空空

以上形成对偶的主谓词组中，我的举例采用了一些新内容，我觉得它们是我选材时巧遇的、精彩的范例。比如“空谈误国，实干兴邦”，它是当今在城市大街上容易见到的公益广告词，也能在报刊中见到。这两个主谓词组，对仗十分工整，平仄规范协调，内容上正反对比鲜明，感情色彩强烈。这样明白晓畅的广告语言，使人印象无比深刻，体现了用对联做宣传广告的优越功能。另外，我写此文时，恰逢网上传出一篇名为《中华字经》的韵文，全文 4000 字，每句 4 字，共 1000 句，无一字相重。其中，有不少是工巧的对偶词组，我便如获至宝般地把它们遴选入例对之中。如“乾坤有序，宇宙无疆”，“形分上下，道合阴阳”，“扁鹊灵医，鲁班巧匠”，等等，这实属在我的筛选过程中吹进了一股新风，注入了鲜活的内容。

另外再介绍一类“承接词组”，这类词组由前后两部分构成，初看像联合词组，仔细品味就知道它们的差别了：联合词组由两个词并列组成，没有先后主次之分；承接词组也由两个词构成，但两者之间，存在着逻辑上的先后、因果等关系。因此，联合词组的两部分间，可以任意交换位置，承接词组的两部分间则一般不可随意调换位置。

5. 承接词组相对

风吹草动——水到渠成　　图穷匕见——鸟尽弓藏

焚膏继晷——弃旧图新　　含沙射影——信口开河

抛砖引玉——顺水推舟　　通宵达旦——坐井观天

旗开得胜——马到成功　　闻鸡起舞——凿壁偷光

抽薪止沸——集腋成裘　　移樽就教——见异思迁

冲锋陷阵——解甲归田　　偷梁换柱——买椟还珠

明知故问——奋起直追　　云开见日——叶落知秋

汗流浃背——谷贱伤农　　相知恨晚——后会有期

前面一共介绍了五类词组构成对子的情况。在此，有必要说明几个问题：一、词组是否就这五类？否，还有连动词组、兼语词组、介宾词组、复指词组、“的”字结构等。不过这五类词组最常见，写对联时也最常用，所以就着力推介它们。二、词组是否都由四个字组成？否，只要是两个或两个以上的词按照一定的结构方式组合起来，就可成为词组，词的多少不同，字数自然就不同了。但同汉语中双音词居多一样，汉语的词组也是四字词组居多，尤其是作为固定词组的成语，一般都由四个字组成。为了适应大家的认知习惯，为了便于组成对子，所以，我在举例时，就全部采用了四字词组。三、组成对偶的词组，不一定都对得很妥帖、工整，读者朋友还可选择更好的词组来对应。因为写对联原本就是很灵活的，不同的人针对不同的事物，可以对出千差万别、千姿百态的对子来。

下面，我们来看《马湖艺苑》历次征联出句里的一些词组：

第 8 期出句“游世博，观世界，明天世界尤精彩”，其中“游世博”与“观世界”都是动宾词组，“世界尤精彩”是主谓词组。

第 9 期出句“山美水美人更美，美不胜收”，其中“山美水美人更美”是由三个陈述式合成词联合起来组成的承接词组，“美不胜收”是个成语，属补心结构的偏正词组，

“美”是中心词，“不胜收”补充说明“美”的程度之深。

第 12 期出句“将陷泥潭泥陷将”，其中“将陷泥潭”是主谓词组。

第 13 期出句“赏山赏水赏风光，赏不尽马湖春色”，其中“赏山赏水赏风光”是由三个支配式合成词并列构成的联合词组，“赏不尽”是“补心结构”的偏正词组，“马湖春色”是个“定心结构”的偏正词组。

第 14 期出句“文章家国事，事事关心”，其中“家国事”是个“定心结构”的偏正词组，“事事关心”是个“状心结构”的偏正词组。

第 15 期出句“马年话马湖，投湖宝马今何在”，其中“话马湖”是个动宾词组，“话”是名词用如动词。“投湖宝马”是个“定心结构”的偏正词组。“今何在”是个由主谓词组构成的疑问句，“今”是主语，“何在”是“在何”的倒装用法，是“在哪里”的意思，是谓语。

第 16 期出句“天门雄阵，万夫莫近”，其中“天门雄阵”是个“复指词组”，“万夫莫近”是个主谓词组。在此，对“复指词组”稍加解释：词组中的两个词均指同一事物，前者对后者具有限制或修饰作用，后者对前者具有说明或解释作用，这种词组称复指词组。“天门雄阵”中，“天门”和“雄阵”指的是同一个地方，“天门”是修饰、限制“雄阵”的，“雄阵”则对“天门”加以解释说明。

第 17 期征联出句“绿水青山，处处花开春意暖”，其中“绿水青山”是由两个偏正式合成词构成的联合词组，“处处花开”中，“花开”是个陈述式结构的动词作中心词，前面的“处处”是修饰它的状语，因而这是一个状心结构的偏正词组，“春意暖”是个主谓词组。

二、句法相同

谈到“句法相同”这个问题，我们就要了解什么是句子。

句子是由词组或单个的词构成的，每个句子都有一定的语气、语调，可以表达一个相对完整的意思，完成一次简单的交际任务。故句子是语言的使用单位，应该说是最大的语言单位了。

从结构上看，句子可分为两大类。一类是单句，由词组或单个的词构成；一类是复句，由两个或两个以上的单句组合而成。从打好写作对联基本功的角度考虑，我们着重探讨单句。单句又可分为主谓句和非主谓句两类。主谓句是由主谓词组，或再加上一些其他句子成分构成的，非主谓句是由主谓词组以外的其他词组或单个的词构成的。

先说主谓句。

主谓句有主语和谓语两部分，而主谓词组就有主语和谓语，所以，一个主谓词组带上一定的语气、语调，再加上与语气、语调相应的标点符号，它就是一个句子了。比如我们要告诉人，求学之路是有的，就用“书山有路”这个主谓词组加上句号来表达，此时的主谓词组就成了一个陈述句了。又如我们赞扬一个精神健旺、气度不凡的人时，就用“气宇轩昂”这个主谓词组加上一个感叹号来表达，此时的主谓词组就变成一个感叹句了。

但是，主谓句绝不仅仅由主谓词组来充当，那样表达不出丰富、细腻、完美的思想感情。一个主谓句，根据表达的需要，还可以有宾语、定语、状语或补语等成分。这样，一个主谓句一共就可以有六种基本成分了。其实，这六种基本成分，我们在介绍词组时都涉及了，而且，它们在词组中是什么成分，在句子中就是什么成分，性质上是一致的。

现在，我们来看六种句子成分在组成句子时，它们的结构关系和排列顺序是怎样的。在举出例句前，我们先给各种句子成分规定一个代表性的符号（我把这些代表性的符号标在句子成分名称的下面或两旁）：主语、谓语、宾语、（定语）、［状语］、〈补语〉，主语部分和谓语部分之间，我们用双竖线“‖”分开。

例一，（我国）的（高铁）技术 ‖ ［已经］［稳稳］地跃居（世界）（先进）水平。

例二，（“九三”）（抗战胜利）大阅兵 ‖ ［充分］地彰显了（中国人民）（捍卫和平）的力量和决心。

例三，他‖［把一周的工作］安排得〈井井有条〉。

例四，他 ‖冷得〈直打哆嗦〉。

纵观上面四个例句，我们便可清楚地看出各个句子成分在句中的排列顺序，即：（定语）主语‖［状语］谓语〈补语〉（定语）宾语。

在此作个说明：句中作主语和宾语的，一般都是名词或代词，而定语是名词、代词前面的修饰、限制语，所以定语的位置在主语和宾语前面。定语的后面，常常要带上一个“的”字，所以，“的”是定语的标志。句中作谓语的，一般都是动词或形容词，而状语是修饰、限制动词、形容词的，所以状语在谓语的前面。状语的后面，常常要带上一个“地”字，所以，“地”是状语的标志；补语则是动词、形容词后面的补充说明成分，因而补语在谓语的后面。而在补语的前面常常要带上一个“得”字，所以，“得”是补语的标志。有句口诀叫“定语常居主宾前，谓前为状谓后补”，就把上面句子成分的排列顺序和我作的说明，简明扼要地概括清楚了。

再说非主谓句。

非主谓句是由主谓词组以外的词组构成的：

1. 由偏正词组构成的

如延安时期抗大校风的三句话就是由三个偏正词组构

成的非主谓句："（坚定正确）的政治方向"，"（艰苦朴素）的工作作风"，"（灵活机动）的战略战术"。其中"政治方向""工作作风""战略战术"是中心词语，称"正"，它们前面三个带圆括弧的词语是定语，称"偏"。

2. 由联合词组构成的

延安时期抗大校风还有一句话"团结、紧张、严肃、活泼"，就是由一个联合词组构成的非主谓句。

元代马致远的《天净沙·秋思》的前三句"枯藤老树昏鸦，小桥流水人家，古道西风瘦马"，就分别是由三个联合词组构成的非主谓句。

3. 由动宾词组构成的

如"学习（中国女排）（坚忍顽强）的（拼搏）精神!"这个动宾词组构成的非主谓句中，"学习"是动词，受动词支配的事物是"精神"，是宾语，三个带圆括弧的词语都是修饰、限制宾语的定语。又如"继承和发扬（我党我军）的（优良）传统。"这个动宾词组构成的非主谓句中，"继承和发扬"是动词词组，"传统"是受它支配的宾语，宾语前面两个带圆括弧的部分是定语。

4. 由一个词构成的

由一个词构成的非主谓句也称"独词句"，在日常生活中并不少见，如在紧急情况下提醒人“快跑!”“让开!”“危险!”，在同意对方的意见答话时说“好。”“行。”“可以。”在剧本里人物对话时，这种由一个词作非主谓句的情况出现也较多。标明故事发生的时间、地点等也常用名词非主谓句，如：1935年冬。河北省某县杨格村。（《白毛女》）

掌握了句子的基本概况，我们来谈本讲的主旨“句法相同”的问题，就水到渠成了。“句法相同”就是要求对联的上下两联句子的语法结构要一致。这当中，自然也就包括“词性对品”“词组相当”等内容了。请看下面的对句：

1.（明）枪‖［易］躲，

（暗）箭‖［难］防。

“明枪易躲”和“暗箭难防”在上一讲讲词组相当时，我介绍说它们是相对应的两个主谓词组。即：“明枪”和“暗箭”都是被陈述的对象，是主语部分；“易躲”和“难防”都是陈述主语的内容，是谓语部分。这是粗线条的划分。现在，它们都作主谓句了，我们在划分它们的句子成分时，宜划分得细一些，把能单独成为句子成分的部分都划分出来，这样，有助于我们深入地认识句子成分。以后分析对联的句子成分时，都采取这样的细分法。本对句中“枪”和“箭”都是名词作主语，“明”和“暗”都是形容词，用来修饰名词的，是定语；“躲”和“防”都是动词作谓语，“易”和“难”都是形容词，用来修饰动词的，是状

语。故上下两联的结构均是“定—主—状—谓”式。

2. 鸟‖宿（池边）树，

僧‖敲（月下）门。

这个对句是唐朝诗人贾岛的五律《题李凝幽居》的第二联。贾岛写诗，总要反复锤炼，遣词造句极为严苛，自谓“两句三年得，一吟双泪流”，时人称其为“苦吟派”诗人。下联中的“敲”字，他就曾在“推”和“敲”之间反复斟酌过，因巧遇韩愈指点最终选定“敲”字。汉语词汇中“推敲”一词，便由此产生。此联的对应关系是：“鸟”对“僧”系名词对名词，皆主语；“宿”对“敲”系动词对动词，皆谓语；“池边”对“月下”系方位名词对方位名词，皆定语；“树”对“门”系名词对名词，皆宾语。故上下联结构均是“主—谓—定—宾”式。

3. 苏和仲‖山高月小，

范希文‖心旷神怡。

这副对联选自千年古刹乐山乌尤寺旷怡亭门联。“苏和仲”指苏东坡，和仲是他的字。“范希文”指范仲淹，希文也是他的字。这副对联的语法结构比较简单。“范希文”对“苏和仲”是人名对人名，是主语。“心旷神怡”对“山高月小”是联合词组对联合词组，作谓语，每个联合词组又都是由两个陈述式合成词组合成的。所以，对仗十分工整。上下联句子结构是“主—谓”式。也许有人心里会说：说

“范希文心旷神怡”倒好理解，说“苏和仲山高月小”就不太好理解了。是的，这是一种少有的表述方式，即把一个人的文章或诗词中的语句挑出来，用来陈述他本人。苏轼在其《后赤壁赋》中有“山高月小，水落石出”之句，范仲淹在其《岳阳楼记》中有“登斯楼也，则有心旷神怡，宠辱偕忘……”之句，故对联作者就从两人文句中各选一个词组来相对，分别陈述两人。这种别致的表达，仿佛告诉人们，为文者和他使用过的文句之间拥有某种隶属关系似的。又问：对联作者为什么要把苏、范两人拿来相对呢?当中还真有原因。我们从苏东坡为《范文正公文集》作的序——《苏轼私识范仲淹》这篇文章中，便可找到答案。在序文中，苏东坡表达了由衷敬仰范仲淹之情：“范公的功德，不需要文章而能昭显，范公的文章也不待序而自能流传，然而我所以不敢推辞而为范公遗稿作序，是因为我八岁就懂得敬爱范公，到现在已经四十七年了。（与范公齐名的）韩琦、富弼、欧阳修三位杰出人物，我都得以与他们交往，而唯独没能结识范公，我把这看作一生的遗憾。如果能在范公的文集中挂名，从而使自己成为范公最后一名门下士，难道不是素来的愿望吗?”由此可知联文作者将苏、范二人组对是有其深层次原因的，是他对两人高尚的人格风范和“先忧后乐”的家国情怀的推崇和赞誉。因此，这副对联不仅音韵谐美、意境高远，而且承载了厚重的历史、文化底蕴。

4. 泉‖［自几时］冷〈起〉？

峰‖［从何处］飞〈来〉？（明末书法家、画家董其昌撰）

这副对联，上下两联均是疑问句。该联是杭州西湖灵隐寺冷泉亭联。冷泉亭位于灵隐寺门前的溪涧边，其后有座山叫飞来峰。上下联的对应情况是：“泉”和“峰”分别是名词对名词，作主语。“冷”是形容词用作动词，“飞”是动词，分别作谓语。谓前的“自几时”“从何处”均是状语，谓后的“起”“来”均是补语。这里要把“自几时”“从何处”两个词组单独说一说。其中“自”和“从”是介词，介词是用在名词或代词前面，和它们一起组成介宾词组，然后拿去修饰动词或形容词作状语，或者拿去补充说明动词、形容词作补语的。“自几时”是表示时间的介宾词组，“从何处”是表示处所的介宾词组。上下两联的结构是“主—状—谓—补”式。

5.（无稽）末日‖［匆匆］过，

（有序）朝阳‖［冉冉］升。（横批：运转乾坤）

这副对联是2013年我撰写来贴在自家门上的春联。原因是2012年“世界末日论”在社会上疯传，说地球将在年内毁灭。传言源自玛雅人的历法。玛雅人是中美洲古老的土著民族，按他们历法的第五个太阳纪推出：2012年12月21日的黑夜降临以后，12月22日的黎明将永远不会到来。

我认为这是无稽之谈，有识之士们也说此说缺乏科学依据。当 12 月 21 日的黑夜匆匆过去，22 日的黎明随着冉冉升起的太阳到来之际，我迎着东方开怀大笑，笑谣言的不攻自破，笑迎不被妄言所抹杀的新一天的如期到来！我当即吟成了上面这副对联，又以我的名字镶嵌两个字组成一个动宾词组——“运转乾坤”来作横批，以之与联文贯通一气。不久，2013 年春节到来，我便把它作为春联，写来张贴在自家门上。该联的主语分别是名词“末日”与“朝阳”，“无稽”和“有序”是修饰它们的形容词，作定语。“过”与“升”是动词，分别作谓语，“匆匆”和“冉冉”是形容词，是修饰动词的状语。上下联句子的结构是“定—主—状—谓”式。

以上五副对联的句子都是主谓句，它们除了有主语、谓语外，有的还有宾语、定语、状语或补语。不过，对联的语言是要力求精练，以尽可能少的文字表达最丰富的内容的，不一定都得用包含多种成分的主谓句。倒是有不少的对联，其句子省略了一些成分，更有一些对联用的是非主谓句。我们来看例句：

6.（删繁就简）（三秋）**树**，

（领异标新）（二月）**花**。（清代书画家、文学家郑板桥撰）

至今，在扬州城的“扬州八怪纪念馆”展厅大门上，还挂着由郑板桥亲自书写的该联的木质匾对。这副对联的上下联都是由偏正词组构成的非主谓句，中心词是“树”和“花”　（用黑体字标示）。上联先用“三秋”来限制“树”，作“树”的定语，再用“删繁就简”这个联合词组来修饰“三秋树”，也作定语，这样“树”的定语就可谓一层套一层了。同样下联先用“二月”来限制“花”，作“花”的定语，再用“领异标新”这个联合词组来修饰“二月花”，也作定语，这样“花”的定语也是一层套一层的了。故两联的结构是“定语＋定语＋中心词”。

7. 鸡声茅店月，

人迹板桥霜。

这副对联，上下联都是联合词组，上联由“鸡声”“茅店”“月”三个名词组成，下联由“人迹”“板桥”“霜”三个名词组成。这种由名词组成联合词组作句子的例子，古今都有。如前面列举过的“枯藤老树昏鸦，小桥流水人家”，以及“阳光沙滩海浪仙人掌”等便是。此联两句一共只有六个词，但我们能够补进一些词语，把隐含的意思表达出来，即：“鸡打鸣儿的声音从晓月照耀下的茅店中传出来，早行商旅的足迹留在了结霜的木板桥上。”古人“未晚先投宿，鸡鸣早看天”的旅途辛劳，淡淡愁思都淋漓尽致地传递出来了，而且“音韵铿锵，意象具足”（明代李东阳评语）。说起“意象具足”我真有切身的体会。那是 20 世纪50年代初我在乐山上高中时，放寒假我回家乡雷波，过完假期我从雷波返校。当时没有公路，全靠步行。那天我从新市镇到沐川，走到沐川县境的田家坝时天就黑了，我只好到路边一家茅草店投宿，进到一间点着昏暗油灯的大屋子里，地面铺满了稻草，稻草上铺着一张张草席，草席的一头都放上一截比碗口大的树棒棒作枕头。店主指给我一个铺位，我因劳累困倦，倒头就睡下了。未到黎明，我就被早早起床，收拾背篓、挑担准备上路的人们吵醒了，加上硬木难枕，被不耐寒，我也就起床随他们上路了。走在村道上，月光还很明亮，回望茅店依稀可见，公鸡打鸣之声不时从茅店中传出来。当我走过一座木板桥时，感觉脚下有些滑动，低下头去，始见桥面上已结着一层薄霜，把早行人的脚印都留在上面了……从那时至今，此情此景一直深深地烙印在我的记忆之中，它与对联中蕴含的意境竟然如出一辙！

8. 马到花开春暖，

梦圆气正风清。①

这副春联的上下联都是非主谓句，每句都是由三个陈述式合成词组成的联合词组。上联中被陈述的“马、花、春”都是事物的名称，用来陈述的“到、开、暖”都表示事物的动作。“暖”是形容词用作动词，变暖之意。下联中

①2014年春晚征春联活动评出的十佳联之一。

被陈述的“梦、气、风”都是事物的名称，用来陈述的“圆、正、清”都是形容词用作动词，“圆”是实现，“正”是端正，“清”是澄清之意，可见对仗是极其工整的。

9. 满面春风驰铁马，

一身正气护金瓯。[①]

这副春联上下联都是省略了主语的句子。主语一般回答“谁”“什么”的问题，而谓语一般回答“是什么”“做什么”“怎么样”的问题。对于这副春联我们可以提出两个问题：“谁满面春风地驾驶着巡逻车呢?”（“铁马”也可以理解成真实的马）“谁一身正气地护卫着祖国的疆土呢?”回答应该都是“边防将士”。所以我们说两句都是省略了主语的句子。它们的结构：上联是“状（满面春风）—谓（驰）—宾（铁马）”，下联是“状（一身正气）—谓（护）—宾（金瓯）”。这里说说数词“一”对“满”的问题。“满”虽不是数词，但它包含着数的概念，语法上称这类词为准数词，比如“满”“全”“独”“单”“双”“比”等，写对联时，可以用准数词与数词相对。该联表现了边防将士的飒爽英姿和戍边卫国的坚强意志。

10. **听**大国强音，三呼必胜；

看小康健步，一往无前。[②]

---

①2014年春晚征春联活动评出的十佳联之一。

②2016年央视新春征联十佳对联之一。

这副对联上下联都是由动宾词组构成的非主谓句。上联的动词是听，下联的动词是看（用黑体字标出），两句的后面部分都是宾语（用波浪线标出），而宾语部分又是由两个词组组成的更大的组合——复指词组。上一讲谈到“天门雄阵”时讲过，复指词组的两部分指的是同一个事物，前者对后者有修饰或限制的作用，后者对前者有说明或解释的作用。我们先看上联，“大国强音”指的就是习近平在纪念中国人民抗日战争暨世界反法西斯战争胜利70周年大会上讲话结束时呼喊的三句口号：正义必胜！和平必胜！人民必胜！三句话概括起来就是“三呼必胜”，因此“大国强音”与“三呼必胜”指的是同一事物，前者对后者有修饰的作用，把它誉为大国强有力的声音，同时又有限制的作用，即不是别国而是中国领导人喊出的声音。反之，后者对前者具有解释说明的作用，“三呼必胜”就是中国的“大国强音”。下联的“小康健步”与“一往无前”若在一般情况下，未必指的就是同一事物，但在本联中由一个看字统领，即看到的中国人民迈出的“小康健步”就是义无反顾“一往无前”的神态、样子。反之，那种“不把前进路上的困难放在眼里，毫不畏惧地一直向前”的步伐，就是中国人民迈开的“小康健步”，所以，两者也是复指关系。全联写得气势磅礴，彰显了中国的大国气度和大国担当，表达了中国人民全面建成小康社会的坚强决心和豪迈气概。

第四章　节律对拍

对联是由古文中以及古代诗歌中的对偶句发展、演进并逐步规范形成的文学样式，和诗词中的语句一样，有其音乐般的节奏和韵律美感。音乐的要素是旋律和节奏，类比之下，诗歌和对联的旋律就是它们的音韵平仄，体现声音的高低升降，即抑扬；节奏就是它们的语流节奏，或称停顿的节拍，体现声音的轻重缓急，即顿挫。因此，我们在阅读时，就要读出其内在的音乐美感，在写作对联时，也要在联句中体现出这种音乐的美感。关于旋律方面的美感——音韵平仄，我们留待下一章“平仄对立”进行专题论述，这里只就语流节奏进行探究。对联要求上下联句做到语流节奏（停顿的节拍）一致，即做到“节律对拍”。语流节奏的形成与划定有两种方法：一种是按声律节奏“二字而节”，节奏点在语句用字的偶数位次。这是因为汉字词语一般都是双音节的，且双音节词语占绝大多数，若出现单个的词，那也占一节；另一种是按语意节奏。语意节奏与声律节奏有同有异，相同处是，若不影响语意的表达就采取“二字而节”；不同处是，节奏点按词语意思，该停顿的地方才停顿，可以是一字一停顿、二字一停顿，也可以是多字一停顿，比如出现不宜拆分的三字或更多字的词语时，其节奏点均在该词语的最后一字。由此看来，语意节奏的节奏点因词语构成的多样性而显得富于变化，此种情况在长联中尤为明显。

下面列举一些联句加以说明。在节奏点处，用一斜线表示。

鸡声/茅店/月，

人迹/板桥/霜。

此联上、下联句都是由三个名词组成的联合词组，这样的句子属非主谓句。按声律节奏或语意节奏划分都是一致的，末尾是单音节词，占一节。

再看一个类似的由联合词组构成的非主谓句对联，此联是中央电视台2006年春晚征集的春联，上、下联各以一个省的地理、景观、特产、人文作对：

苗寨/黔山/黄果树/，茅台/赤水；

川肴/蜀绣/锦官城/，花径/草堂。

看完对联，我们便知上联写的是贵州，下联写的是四川。上联五个名词，除了“黄果树”是三音词外，其余都是双音词。同样，下联也是五个名词，除了“锦官城”是三音词外，其余都是双音词。划分节奏时，我们就按构成词的字数划分就对了。

因荷/而得/藕，

有杏/不须/梅。

此联也是按声律节奏或语意节奏划分都一致。

苏和仲/山高/月小，

范希文/心旷/神怡。

此联中“苏和仲”“范希文”是三音节的人名，不能分开，节奏点在人名之后，这就是遵从语意节奏了。后面则按二字而节，语意清晰。

删繁/就简/三秋/树，

领异/标新/二月/花。

此联可以按“二字而节”的方法划分，还可以把“三秋树”“二月花”当作三音节词来划分：

删繁/就简/三秋树，

领异/标新/二月花。

四诗/风雅颂，

三光/日月星。

此联中的“风雅颂”和“日月星”结合紧密，当作一个语意节奏划分。

泉自/几时/冷起，

峰从/何处/飞来。

此联可以按“二字而节”的方法划分，也可以把“自几时”和“从何处”这两个介宾词组当作一个语意节奏划分：

泉/自几时/冷起，
峰/从何处/飞来。

青山/有幸/埋/忠骨，
白铁/无辜/铸/佞臣。

此联是按语意节奏划分的，将“埋”与“忠骨”分开，“铸”与“佞臣”分开，以使语意完整无割裂感。

此外，在杭州岳飞父子墓前，有秦桧和他老婆的铁铸跪像，有人以此两个坏人互相埋怨、对骂的口气写了这么一副对联：

唉！/仆本/丧心，/有贤妻/何至/若是？
啐！/妇虽/长舌，/非老贼/不到/今朝。

此联上下联开头的单音节叹词各自成一节，后面“有贤妻”与“非老贼”两个动宾词组也各自成一节，这样读起来有顿挫感，语意连贯。

无可奈何/花/落去，
似曾相识/燕/归来。

此联按语意节奏划分，意思顺畅自然。

听/大国强音，/三呼必胜；
看/小康健步，/一往无前。

此联是2016年猴年央视春节征集春联活动选出的十副最佳春联之一，上联写的是习近平主席在中国人民纪念抗日战争暨世界反法西斯战争胜利70周年大会上讲话结尾时呼喊三句“必胜”口号的情形，此联可按“二字而节”的方法划分，但若强调语意的畅达连贯，不把后面的四字词组分开，就按上面语意节奏的划分方式。猴年最佳春联还有一副，也按语意节奏划分：

十三亿/决胜/十三五，

第一春/先登/第一程。

下面，是作者自撰的两副对联，联中出现了三字词语和四字词语，也按语意节奏划分：

河南/水电/三门峡，

川北/风光/九寨沟。

西双版纳/南疆/热土，

乌鲁木齐/北国/名城。

再从长联中辑选一点例子，来看其节律对拍的情况。

莫辜负/四围香稻，/万顷晴沙，/九夏芙蓉，/三春杨柳。

只赢得/几杵疏钟，/半江渔火，/两行秋雁，/一枕清霜。

这是昆明大观楼长联上下联结尾的句子。上联“莫辜负”涵盖后面四幅壮美的实景，突出一个“喜”字，下联“只赢得”统领后面四种比较空虚、缥缈的事物，重在一个

“感”字，抒发了作者对云南过往历史深沉、浓烈的感慨。在理解、品味联意的基础上，我们划分节律时便按语意节奏划分：上联以“莫辜负”为引领，作一个节奏，后面描写实景的四个偏正词组各为一个节奏，语意畅达，一气呵成。同理，下联也以“只赢得”为引领，作一个节奏，后面四个偏正词组也各为一个节奏。

下边，再节录成都崇丽阁长联的结束句来作分析。作者钟云舫，清末四川江津才子，人称长联怪杰，他撰写的江津临江楼长联多达1612字，至今也是全国第一长联。此人朴实直爽，颇有声望，敢与豪门打官司，为民请命。又因控告贪官污吏被投入大牢，后写成崇丽阁长联，抒发胸中的愤懑和不平之气。

试从/绝顶/高呼：/问/问/问，/这半江月/谁家之物？

且向/危梯/频首：/看/看/看，/那[①]一块云/是我的天？

长联中，某些句子似有散文化的趋势，此结尾句便是，并显口语化。遂按语意节奏划分其节律，就显得顺畅自然了。

上述列举的对联，都是节律对拍的典型范例。人们写作对联时，都得像它们那样遵循“节律对拍”的规定，否则就是对仗不工。来看一些例对：

---

①通假字，通“哪”。

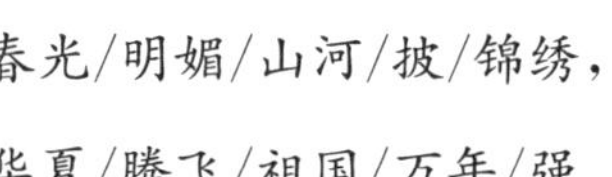

春光/明媚/山河/披/锦绣，

华夏/腾飞/祖国/万年/强。

这是一副街头春联，结尾三字节律不对拍：上联的“披”是单音节动词，“锦绣”是双音节名词，“披锦绣”是个动宾词组；下联相对的“万年”是双音节数量词，“强”是个单音节的形容词，“万年强”是个偏正词组。这样，上下联相对的词性不相同，词组结构不相当，对仗不工，随之而来的就是节拍错位对仗不工了。

笔者在四川乐山大佛寺内的“竞秀亭”看到一副对联：

竹影扫阶尘不动，

月穿潭底水无痕。

这副对联上下联都用了描写的手法，写出了“竹影”和“月光”的动感。上联说在晚风吹拂下，投射在台阶上的“竹影”不断地晃动，仿佛笤帚在打扫台阶，可台阶上的尘土一动也不动；下联说月光投进水潭，直射潭底，水中却没有留下月光投射的痕迹。此联的妙处就在于以虚代实，把虚幻的东西当作实在的事物来描写，这番描写可谓名副其实的“捕风捉影”，以此引导读者去想象、去体会、去感知，这就是此联写作手法的独到之处。但从对仗上来看，此联就欠工整了。上联的“竹影扫阶”是个主谓词组，其中包含主（竹影）、谓（扫）、宾（阶）成分；下联对应的“月穿潭底”也是个主谓词组，也包括主（月）、谓

（穿）、宾（潭底）成分。但同是主语的“竹影”与“月”，一个是双音节词，一个是单音节词，不相对；同是谓语的“扫”与“穿”，虽然都是单音节词，但两者错位不相对；同是宾语的“阶”与“潭底”，一个是单音节词，一个是双音节词，也不相对。下面，让我们用语意节奏来给该对联划分一下节拍：

竹影/扫阶/尘/不动，

月/穿潭底/水/无痕。

这样，就明显地看出该上、下联的前半部分节律不对拍，只有后半部分的“尘不动”与“水无痕”是节律对拍的。

笔者还看到这样一副对联：

功高天下而无欲，威震中外而不骄，生为工农死为工农，问千古英雄谁能为伍？

假马列以令诸侯，裹红旗以图权位，这也翻案那也翻案，使一身解数无事生非。

这副对联是1976年4月5日，人民群众自发地在天安门广场悼念周总理、声讨“四人帮”时张贴出的。上联表达了人民群众对周总理的深切怀念和崇高的敬意，下联宣泄了人民群众对“四人帮”的切齿痛恨和愤怒声讨，是民心、民情的真实流露和彰显。但稍感不足的是上联的一、二句和下联的一、二句虽然字数相等，但结构不对应，节律不对拍。

上联的“功高天下而无欲，威震中外而不骄”是一个并列复句，两个分句的内部都用一个虚词“而”来连接，表示一种转折关系，“而”可以当“却”讲；下联的“假马列以令诸侯，裹红旗以图权位”也是一个并列复句，两个分句的内部都用一个虚词“以”来连接，表示一种承接关系，“以”可以当“来”讲。但上联两个分句内的虚词“而”之前都是一个主谓词组，“而”之后的“无欲”是个动宾词组，“不骄”是个偏正词组；下联两个分句内的虚词“以”连接的前后都是动宾词组，这样上下联的结构就不对应了，结构不对应，节律也就自然不对拍了。让我们将上、下联的前两句划分出节拍来看看：

功/高天下/而/无欲，威/震中外/而/不骄，

假马列/以/令诸侯，裹红旗/以/图权位，

划分节拍是按语意节奏划分的，上、下联内的三音节动宾词组结合紧密，不将其分开，“而”和“以”都是虚词，单独成为一个节拍。于是，上、下联结构不对应，节律不对拍的情况就显露无遗了。

在《马湖艺苑》的征联活动中，一些对句也常常出现节律不对拍的现象。

第 18 期的出句是：绿水青山，处处花开/春意/暖；

有这样一些对句：1. 雄关漫道，重重叠嶂/路/难攀。

2. 蓝天碧海，时时浪卷/夏/清凉。

3. 贪赃枉法，时时心跳/胆/惊寒。

4. 冰天雪地，莹莹絮浪/锁/边关。

对于上面列出的四个对句，我们不去作全句分析，只就各句末尾三字与出句末尾三字不对拍说一说。最直观的方法，就是把它们的节奏线画出来就一目了然了。出句的“春意暖”是个主谓词组，“春意”是双音节名词，“暖”是单音节形容词。1、2、3 三个对句末尾三字，也是主谓词组，但“路”“夏”“胆”三个主语都是单音节名词，而“难攀”“清凉”“惊寒”三个作谓语的词又都是双音节的形容词，节奏上刚好与出句错位。第 4 句的“锁边关”则是个动宾词组，这里且不说它与“春意暖”的词组类型不对仗，单就语流节奏而言就是对不上的，“锁”与“春意”不合拍，“边关”与“暖”也不合拍。

另外，在当今一些作者写的律诗的颔联和颈联中，常常看到一些节律不对拍的对偶句，且出现最多的地方是句子的后三字。我们自己写律诗的对偶句时，也常常受到节律不对拍问题的困扰。所以，“节律对拍”不仅仅是写对联时要注意的问题，在创作律诗，构架颔联和颈联时，也是不可忽略的重要一环。

第五章　平仄对立

平仄就是汉字的声调。一般是一个汉字一个声调，也有一个汉字有几种用法、几种读音、几个声调的，这种情况不是很多。我曾在一次老年诗词学会的活动时，听有人发言误认为每一个汉字都有四个声调，结果懂得的人都给他作了解释，方使他恍然大悟。古汉语的声调分平、上、去、入四个声，平声（包括今之阴平、阳平）就称“平”，上、去、入三声就统称“仄”，“仄”就是不平的意思。现代汉语分为阴平、阳平、上声、去声四个声调，简称一、二、三、四声。一、二声为“平”，三、四声为“仄”。现代汉语使用规范的普通话，是以北方话为基础方言的，它没有“入声”字，也就没有“入声”音。那么，古汉语的入声字和今天某些地域方言中的入声字都到哪里去了呢？原来被归并入普通话的“平、上、去”三种声调中去了，叫作“平分阴阳，入派三声”。入声字原本属于“仄声”，“派入”上声、去声的，依然是“仄声”，没有变化，只有“派入”平声的字，我们才要加以特别关注。在此，向大家推荐一本由上海古籍出版社出版的《诗韵新编》工具书，该书将现代汉语的字音分为十八个韵部，将所有的汉字按照其发音的不同，对应地编入所属的韵部中，每一韵部中，又按阴平、阳平、上声、去声的顺序编排。如果该韵部中含有“派进”的入声字，就把这些入声字排在“去声”的后面，并且标出它们在现代汉语中属于一、二声还是三声、四声，这样就把所有的入声字都囊括进去了。所以，这是一本供人们写作格律诗词和对联时，物色韵脚，挑选平仄的好帮手，可谓一书在手，尽其所用。

再说“平仄对立”。它有多种表述，有说平仄相反、平仄相对的，也有说平仄相拗、平仄协调的，其实都是一个意思。具体说来，平仄对立在一副对联中包含两个方面的含义：1. 上下两联相对应的词，平仄要相反，若上联的词是“平平”，则下联就要以“仄仄”的词相对，反之亦然；2. 一联之中，词的平仄要交替，若前一个词的声调是“平平”，紧接着的词的声调就应是“仄仄”，以此类推，循环往复。下面，举例加以说明。

成才未可忘忧国，（平平仄仄平平仄）

有福方能坐读书。（仄仄平平仄仄平）

这副对联系我采自扬州全国重点文物保护单位“吴氏宅第”内的“有福读书堂”，上联“忘”字读二声（在《诗韵新编》中属“唐”部，阳平声），普通话读四声。全联平仄按古四声在句后括弧中标出。如“国”“福”“读”三字都是入声字，属仄声。

春蚕到死丝方尽，（平平仄仄平平仄）

蜡炬成灰泪始干。（仄仄平平仄仄平）

这副对联中，只有下联的“蜡”字是入声字，属仄声，它被派入普通话的去声，仍为仄声。因此无论按“古四声”或普通话的“新四声”，其平仄关系都不变。

在看了乐山老照片展览后，我写了一副八字联：

银盐定格时空绝版，（平平仄仄平平仄仄）

数码留真岁月精华。（仄仄平平仄仄平平）

展出的老照片大部分是用胶片相机拍摄的，其图像要靠胶片和相纸上的卤化银细微颗粒经显影和定影形成；一部分是使用数码相机拍摄的，其成像源于现代数码高新技术。上联中的“格”“绝”都是入声字，属仄声。

以上三副对联的平仄对仗都十分工整：一句之中，平仄交替，上下两联，平仄对立。

有的七字联，还可以按七律诗的平仄格式来写。如：

千古江声流夕照，（ⓍⓍ仄Ⓟ平平仄仄）

九天楼影俯朝飞。（Ⓟ平Ⓧ仄仄平平）（圈内表示本该读的音，但此位置既可平也可仄。）

此联系由笔者记录于南京阅江楼。阅江楼是江南四大名楼之一，坐落于南京城鼓楼区狮子山之巅，居高临下，地位独尊，一览四周胜景，为明太祖朱元璋下诏始建。上联意谓：千百年来，滔滔扬子江水，流不尽云影波光、残阳夕照。下联意谓：阅江楼气势磅礴，高耸九天，在此观看早晨飞过的鸟群，只需俯视，不用仰观。联后括弧内注明的平仄关系，是按七律标准格式写的，它允许一、三字可平可仄，所以，上联第一字本该用仄声的，却用了“千”这个平声字；下联第一字本该用平声的，却用了“九”这个仄声字，第三字本该用仄声的，却用了“楼”这个平声字。此联按古四声，“夕”为仄声。

几段祥云穿雁阵，（仄仄平平平仄仄）

一帘瑞雪卷梅花。（平平仄仄仄平平）

此联也由笔者记录于扬州“吴氏宅第”内的“有福读书堂”。联后括弧内的平仄关系也是按七律的标准格式写的，除下联的第一字本该用平声而用了仄声“一”之外，其余都符合原定的平仄。

看了上面的两个例子，读者便会明白，原来这平仄的规定，也是可以变通的。在按七律的平仄规定写对联时，最多允许一、三两字可平可仄，而在通常写对联时，变通的规定更宽松，叫作“一、三、五……不论，二、四、六……分明”。意即：对于处在一、三、五等单数位置上的字，不论用平声还是用仄声都可以，但对于处在二、四、六等双数位置上的字，就不能随意变通了，该平的就得平，该仄的就得仄。如此一宽一严是何道理呢？这是因为汉语中双音节词占绝大多数，人们说话时，阅读时，尤其是朗诵诗歌时，一般都在双数位的字上稍作停顿，字音也响亮些，长一些。单数位上的字，字音就短一些，也没有后面的字声音响亮。这样，语言的节奏感，声音的抑扬顿挫，都着重体现在双数位的字上面。双数位上的字，有规律地平仄交替，就能把语言的音乐感、节奏美充分地体现出来。

说到这里，我想顺便回答读者心中可能会产生的疑问，为什么前面说到平仄相对应或相交替时，只举例说“平平”与“仄仄”相对应、相交替，而不说“平平平”与“仄仄仄”或比这更多的“平平平平”与“仄仄仄仄”相对应、相交替呢？这也是因为汉语的词汇中，双音节词占了绝大多数的缘故。即便遇到三音词、四音词，也难有三仄、三平或四仄、四平的语音一边倒那种别扭、僵硬、不中听的词出现，因为我们的汉语是世界上最富音韵美的语言之一。例如三音节词“三门峡”（平平仄）、“九寨沟”（仄仄平），把两者拿来上下相对，平仄都可以对得很工整的。在《例谈（二）》讲三音节词相对时，我还举了“忘忧草”（平平仄）对“解语花”（仄仄平），“溪洛渡”（平仄仄）对“浪淘沙”（仄平平），“连云港”（平平仄）对“望海楼”（仄仄平）等，这些词不仅词性相同，而且用于相对时，平仄也是对得很工整的。当今，也出现了一些三音节新词，如“全方位”（平平仄）、“零距离”（平仄平）、“零容忍”（平平仄）、“供给侧”（平仄仄）、“获得感”（按古汉语是“仄仄仄”，但按现代汉语就是“仄平仄”）等，它们基本上没有音调“一边倒”的现象。我再举几个四音节词：“鄂尔多斯”（仄仄平平）、“呼伦贝尔”（平平仄仄）、“乌鲁木齐”（平仄仄平）、“西双版纳”（平平仄仄），它们双数位置上的字，声调都是平仄交替的。因而这些四音节词，口语表达出来都是抑扬顿挫、和谐动听的。也许有人会说：“你列举的四音节词都是少数民族语言的音译词语。”是的，在汉语言的词语中，四音节的词基本没有，若有四音节的语言单位，那它们都属于词组了。你看，我们的汉语翻译家将少数民族词语翻译成汉语时，选用的都是具有高低升降、极富音韵美的字音来组合的；反之，我们的汉语词语，本来就具有高低升降音韵美的，经外国人或少数民族的人读出来，就有一些“拗腔拗调”的，我们的“北京”“成都”经他们读出来就成“仄仄”调了。

综上所述，我们就会认同“平平仄仄平平仄仄……”这种双音交替，以及“平平”对“仄仄”这种双音相对是平仄对仗的标准格式了。楹联界把一联之中“平平仄仄平平仄仄……”交替的韵律称之为“马蹄韵”，犹如马儿奔跑时发出的“踢踢踏踏踢踢踏踏……”的节奏声一般。据介绍“马蹄韵”是当代楹联大家、中南大学教授余德泉等总结出来的，把它与“一、三、五不论，二、四、六分明”的规定结合起来，就成为写对联时要遵循的“平仄对立”的正规法则了。

但马蹄韵也有一些细微变化，马蹄韵是以双音词为一个节奏的，双数位上的字就是节奏点上的字。同理，若遇有三音词，则第三字就是节奏点上的字，若遇有四音词，则第四字就是节奏点上的字。我们在写对联时，只需节奏点上的字平仄相对就行了，这是一种放宽。还有更放宽的，若写长联时，每个分句末尾（句脚）的字就是节奏点上的字，就只需句末的字平仄交替或对立就行了。

下面以我写的一副三十一字联为例，用来说明它的平仄对仗规律。此联曾获乐山市 1998 年电视征春联比赛第一名。

犍生注雅，李密陈情，东坡载酒，沫若弘文，佑君赴义，尧氏弄潮，自古汉嘉出人杰；

（平平仄仄，仄仄平平，平平仄仄，仄仄平平，仄平仄仄，平仄仄平，仄仄仄平仄平仄）

大像安流，峨眉降瑞，羌峡映秋，东山卧佛，扑风飞霞，离堆漂绿，从来华夏称地灵。

（仄仄平平，平平仄仄，平仄仄平，平平仄仄，仄仄平平，平平平仄，平平平仄平仄平）

此联虽获第一名，但系二等奖第一名，一等奖空缺，可见评委专家秉持着一丝不苟和宁缺毋滥的态度。原因是在我的参赛联中出现了几处不规则的重字，之后我才把它们改成了上面的样子。比如上联中第一句原为“舍人注雅”，第三句原为“东坡怀古”，就与末句“自古汉嘉出人杰”中的“古”和“人”不规则相重了；下联第一句原为“大佛安流”，就与第四句“东山卧佛”重复使用了“佛”字。因此评委给予降等是合情合理的。至于上下联的平仄对仗关系，则不仅符合长联各分句句脚的字平仄交替或对立，而且上下联各个分句，也做到了平仄对立。

在此，解释一些句意：犍生注雅——指汉代犍为郭舍人在乌尤山注释《尔雅》之事；李密陈情——指西晋文学家李密（籍贯属今之彭山）向晋武帝上表陈情，表达不能应召做官，请求在家侍奉 96 岁高龄且病卧在床的祖母一事；尧氏弄潮——指尧茂书首漂长江的壮举；大像安流——“大像”即乐山大佛，当初海通和尚主持修造大佛，目的就是祈望大佛以无边法力，平抑三江汹涌波涛，保行船平安；羌峡映秋——典出李白《峨眉山月歌》中的“峨眉山月半轮秋，影入平羌江水流”，羌峡，指乐山境内的平羌小三峡，映秋，言江水中倒映着峨眉山投来的半轮秋月；扑风——指大渡河南岸与乐山城隔河相望的扑风洲；离堆——指乌尤山，李冰凿通麻浩分流大佛脚下的洪水后，

乌尤山便成了一座岛屿（离堆）。清代张问陶诗“绿影一堆漂不去”，写的就是葱绿的乌尤山倒映在江中的动态美感。

征联活动揭晓时，乐山电视台专题评介了由书法家用红纸书写的我这副对联，乐山广播电视报主编李承茂以《抒豪情壮志·颂乐山乐水——1998 春节电视春联比赛佳作赏析》为题撰文，对我和另一个二等奖获得者的对联予以好评。

看了上面众多的对联例句，我们便会发现，所有上联句末的字都是仄声，所有下联句末的字都是平声，这叫“仄起平收”，是对联平仄对仗中包含的一个很重要的规则，决不允许上下两联末尾的字同为平声或同为仄声或上平下仄。“仄起平收”的规则，也可帮助我们区分一副对联中哪是上联，哪是下联。贴对联时，我们要把上联贴在面向门的右侧，把下联贴在面向门的左侧，才算正确。对联的横批，一般是四个字，书写时也要从右往左写。不只对联的横批，包括名胜古迹、寺庙亭廊的横匾都是从右往左写的。为什么有些人在上述地方看到横匾从左向右念却念不通？就因为他们忽略了这一书写规则。还有一个与“仄起平收”相关的话题，在征联活动中，一般都是征下联的，但为什么有时举办方说是征上联呢？这就要看出句末尾的字是什么声调了，是仄声的，就叫征下联，要求对句末尾用平声；是平声的，就叫征上联，要求对句末尾用仄声。这是要求遵循“上仄下平”原则使然。可我在此也举出个别“上平下仄”的“特例”，一是少年郭沫若与私塾老师课堂上的对答联。老师出句是：“昨日偷桃钻狗洞，不知是谁?”少年郭沫若的对句是：“他年攀桂步蟾宫，必定有我。”出句末字“谁”是平声，对句末字“我”是仄声，按句脚规则这是征上联。可这又是一副问答联，先有问，然后才有答，只有问句作上联，答句作下联才合乎逻辑。平起仄收，就让这副课堂联成了特例。另一特例是湖南岳麓书院的大门联：“惟楚有材，于斯为盛。”它也是平起仄收的。此联大意是：“楚地出人才，此处更是人才荟萃。”岳麓书院是我国历史上颇负盛名的四大书院之一，此联是一副集句联，上联是清代嘉庆年间任岳麓书院院长的袁名曜据《左传·襄公二十六年》“惟楚有材，晋实用之”中选出；下联为当时书院的学子张中阶从《论语·泰伯》“孔子曰：‘才难，不其然乎，唐虞之际，于斯为盛。’”中选出应对。后人评价此四言联，简约有力，气势非凡，是书院名家云集、人才辈出的真实写照。但从对联的规范写作上看，该联除了“平起仄收”不合律外，在词性对仗方面，也有欠工之处。让我们逐字（词）分析：“惟”对“于”是文言虚词（没有实在意义）相对，词性一致；“楚”是名词，“斯”是文言代词，意为“这里、此”，指代岳麓书院，过去称代词为“代名词”，从宽对方面考虑，“楚”对“斯”也可以通过；

“有”是动词，“为”是“是”的意思，也是动词，词性一致；“材”则无论当人才讲还是当栋梁材讲，都是名词，“盛”无论当兴旺讲还是当茂盛讲，都是形容词，词性就不相同了。我认为最后一词对得不工，是这副对联“有违联律”要害之所在！请注意：我在列举上面两副“平起仄收”对联时称它们为“特例”，就是说它们是允许存在于联律要求之外的。为什么？请让我用梁羽生先生在其著作《名联谈趣》中的一句话来说明，梁先生说：“‘不工’并非等于‘不佳’，甚至‘不工’亦可胜‘工’。”他还列举了《红楼梦》第四十八回曹雪芹借林黛玉之口论诗时说的话：“若是果有了奇句，连平仄虚实不对都使得的……第一是立意要紧，若意趣真了，连词句不用修饰，自是好的，这叫作‘不以辞害意’。”梁先生补充说：“曹雪芹论的是律诗，亦可移用到对联文学方面……不过‘不工’胜‘工’，毕竟是非常少见的例子，所以不能据此就提倡不必讲究格律。”梁先生的论述和引用为我们正确认识和评价两副“特例”对联提供了有力的理论依据。

平仄对立的规则清楚了，我们还要明确一个连带的问题，即在写作诗词、对联时，是用古汉语的四声，还是用现代汉语的四声？若一律用古四声，对于现代人或不了解入声字的人来说，无疑是个拦路虎；若一律用新四声，对于不熟悉汉语拼音的人，又无疑是一道难于跨越的鸿沟。

所以，当今诗词、楹联界的有识之士提出“倡今知古，双轨并行”的主张，倡导用新四声来写诗词、对联，但对于古四声则应有所知晓，否则读古诗词、对联时，就会遇到种种障碍，心生种种疑团，降低学习、领会、鉴赏它们的兴趣。对于惯用古四声写作的老同志，就只管用古四声，对他们来说就运用自如，轻车熟路了。但是，古今两种四声不能混用，混用了就会乱套，没有章法了。

最后说说怎样识别入声字的简便方法：

一是以 ie、üe 为韵母的字，都是入声字。懂得汉语拼音的人用此方法是最得心应手的了。例如：以 ie 为韵母的字有“贴、歇、捏、蝶、鳖、洁、切、协……”，以 üe 为韵母的字有“缺、薛、阙、曰、约、觉、爵、蕨……”

二是发音短促的字都是入声字。这里说的“短促”，是指说话时自然形成的短促之声，不包括人为的、有意识地将字音缩短或延长。例如：“剥、撮、鸽、涸、实、值、曲、局……”

三是根据我的心得体会，特别推荐一种辨别入声字的方法。记得我上雷波县城厢镇中心小学六年级时，有段时间下课后，常常听到雷波中学高年级的陈国军等同学念诵一些“口诀”：“衣—移—以—易—叶—药—鸭”，“溜—刘—柳—（勒→又相拼的音）—列—略—（勒→鸭相拼的音）”，“抽—愁—丑—臭—吃—出—擦”，“疤—爸—把—

霸—白—不—八”……这些字音，都是按我们川南一带的方言念的，听他们念起来，就像听唱歌一样，我也就跟着念，觉得特别有趣。那时，雷波中、小学共用一个校址，下课后中、小学生都混杂在一起活动。陈国军他们念诵的这些口诀，说是上国文课时吴卿才老先生教他们的。卿才老先生是清末秀才（孙中山同盟会会员，历任雷波县政协委员，1953 年被聘为四川省文史资料研究员），在雷波学界很有知名度，我就见过他常常戴着一顶青色缎质瓜皮帽，身着蓝布长衫黑马褂，走起路来常将一只手提着长衫的开衩处款款而行，非常儒雅。现在我才明白，当年，吴老先生定是在国文课上教学生们读古声调，前面四个声就是阴平、阳平、上声、去声，后面三个声，就是入声字音。我试着仍用川南一带的方言，省去前面四种声调的字，只挑后面三种声调的字念，比如：“色—缩—煞”，“拍—扑—拔”，“扩—哭—括”，“德—毒—答”，“昔—学—峡”，“或—活—滑”，“节—角—夹”，“则—足—杂”……再用本文开头提到的《诗韵新编》来一一对照，这三种发音的字，无一不是入声字！我万万没有想到少儿时“擦边”听来的口诀，在我们今天写作诗词、楹联时，竟然有如此意想不到的作用，已经作古半个多世纪的吴老先生教授的古声韵，又奇迹般地在我们这一代人中间延续传承，幸甚矣哉！

第六章　形对意联

形对意联是对联的特点或要素，即一副对联的上下两联，在内容上要彼此相互照应关联，如果上下两联意思互不相关，“花开两朵，各表一枝”，貌合神离，形同陌路，彼此孤立地存在，就失去写对联的意义了。有人把“对”和“联”分别阐述，认为“对”指形式上对称，句子对偶、平仄对立；“联”指内容上的照应、关联，即上下两联应相辅相成，双矢一的，共同表达一个主题。如若只顾形式之对，不管内容之联，就难称“对联”了。具体说来，形对意联包括上下两联意思要相对、相反、相承、相近、相映衬等。下面分别说明。

1. 意思相对

意思相对是说上下两联的内容是并列、对等、互不包容的，各说一件事情，但它们围绕同一个中心，表达同一个主题。例如：

墙上芦苇，头重脚轻根底浅；

山间竹笋，嘴尖皮厚腹中空。

上联说生长在墙上的芦苇，其形状是头重脚轻，其特点是根底浅薄；下联说长在山间的竹笋，其形状是嘴尖皮厚，其特点是腹中空虚。上下联各说一物，并列对举，单从字面上看，一时还不甚理解它表达的中心意思，但当了解了它的出典之后，就会知道这副对联构思精巧，形象生动，语言犀利，寓意深刻，是紧紧围绕着一个中心的。该联出自明朝三大才子之一的解缙之手，解缙出身于江西吉水一个书香世家，自幼聪颖过人，5 岁能背能诵，7 岁能诗能文，12 岁读完四书、五经，被时人称为神童。19 岁中进士，官至内阁首辅，主持编纂了被称为“世界有史以来最大的百科全书”的《永乐大典》。该联的产生，有不同的版本：一说当地有位当官的不服解缙神童之誉，认为他小小年纪，涉世不深，才疏学浅，便当面以“墙上芦苇，头重脚轻根底浅”的比喻句来贬低他，不料解缙当即以“山间竹笋，嘴尖皮厚腹中空”的比喻句应对，回击这位自视甚高，门缝里瞧人，倚老卖老的官吏；另一说称此联是解缙嘲笑权臣纪纲的。明成祖朱棣在位时，搞了个特务机构“锦衣卫”，专门监视和整治朝中大臣，纪纲就是“锦衣卫”的头目，他以权谋私，胡作非为，罗织罪名，害死了不少大臣，大臣们都畏惧他。解缙不仅满腹经纶，为人也刚正不阿，顶撞过他几次，两人便结下了冤仇。在一次宴会上，纪纲见了解缙就想挖苦他，对大家说我这里有一联儿，念给你们听听，便乜斜地瞅着解缙道："塘里水鸭，嘴扁脚短叫呷呷；洞中乌龟，颈长壳硬矮啪啪。"纪纲是在丑化解缙，说他说话像鸭子叫，个儿矮得像乌龟。解缙听了，当即说，我这儿也有一副联儿，也请诸位听听："墙上芦苇，头重脚轻根底浅；山间竹笋，嘴尖皮厚腹中空。"这是解缙对纪纲粗俗鄙陋，谈不上一丁点儿文采的对联的回应，嘲笑他知识浅薄如根须短浅的墙头草，胸无点墨却卖弄斯文乃恬不知耻的厚脸皮。以"芦苇""竹笋"比喻纪纲，真是再形象、深刻不过了。对联的第一种版本，是当官的出上联，解缙对下联，针锋相对，唇枪舌剑；第二种版本，全联均为解缙随口吟出，对纪纲反唇相讥、寸步不让。看来，对联还可以作为一种武器，在与对手进行文字交锋时，大大地发挥其战斗作用。

治霾治雾乾坤朗，

肃腐肃贪社稷安。（湖南　黄绍瑜撰）

这副对联是2014年春晚春联征集活动评选出的十佳春联之一。上联说的是治理雾霾，下联说的是整肃贪腐，是并列相对的两件事情，看似并不相关，但仔细思考，就不难发现它们的共同点。首先，"治理雾霾"和"整肃贪腐"都是国家当前的大政方针。我国自改革开放以来，工业迅猛发展，与此同时，工业"三废"也严重污染了祖国的山川大地，毒化了人们的生存环境，有关部门指出我们发展工业不能以牺牲环境为代价，不能走西方发达国家先污染、后治理的老路。习近平主席更是殷切地指出“绿水青山就是金山银山”，要还上空一片蓝天，建大地成山青水碧的花园，造福于民；贪污腐败则腐蚀了党的肌体，败坏了党的声誉，损害了党同人民群众的血肉联系，动摇了社会主义建设的根基。对于大大小小的贪腐分子，党和政府提出要“老虎苍蝇”一起打，反贪反腐没有终点而是永远在路上。两大国策紧紧关乎国计民生，同是治国安邦的要务。再说，“治理雾霾”改善的是自然环境，“整肃贪腐”治理的是社会环境，两种环境都与人民的幸福安康、国家的和谐稳定紧密相关。作者以一个“乾坤朗”，一个“社稷安”就把上下联深含的要义、追求的目标有机地结合起来了。

2. 意思相反

意思相反是说上下两联表达的是相反的内容，但针对的是相关的人物或者相关的事件。是作者从正反两个方面表达自己鲜明态度、观点立场和爱憎感情的，能使人从中辨是非、分优劣、识真伪、知善恶。例如：

青山有幸埋忠骨，

白铁无辜铸佞臣。

这副对联题于杭州西湖“岳王庙”岳飞墓前、秦桧等奸臣铁铸跪像后的墓阙上，系清代一徐姓才女所撰。该联运用了拟人手法，把青山、白铁这类本无生命的事物写得像人一样有生命、有思想感情。说栖霞岭这一脉青山以能安葬民族英雄岳飞父子而感到非常荣幸；而用以铸造秦桧夫妇及其同党张俊、万俟卨四人跪像的白铁，却感到以它来铸造奸臣国贼，实在是无罪蒙冤，委屈已极。此联是非功过泾渭分明，爱憎情感鲜明互见，表达了人们对岳飞父子的追思和敬仰，对谋害抗金英雄岳飞父子的秦桧等奸佞之辈的鄙夷和憎恨。

秦皇安在哉？万里长城筑怨；

姜女未亡也，千秋片石铭贞。

这副对联的木刻匾对张挂于山海关孟姜女庙正殿内供奉的塑像的两边，字体雄健，撰联者是南宋民族英雄文天祥。上联意谓：如今秦始皇在哪里呢？他不早已离世了吗？但他推行徭役，强征千百万劳工修建的万里长城，筑起的却是老百姓世世代代刻骨铭心的怨恨。下联意谓：孟姜女没有死，她永远活在人民的心中。千百年来，那用以修筑万里长城的每一块石头上都铭刻着她对丈夫的思念，对爱情的坚贞。孟姜女哭长城是中国民间四大爱情故事之一，在我国可谓家喻户晓。这副发自民族英雄肺腑的对联，强烈地表达了他对封建暴君的憎恨和嘲讽，对善良民女坚贞爱情的讴歌。在表达方面，上联的前半句似在提问，下联的前半句似在回答，但又让人觉得答非所问。原来，上联前半句是一个“反问句”，反问句是无疑而问，不需回答的，答蕴含在问中，不言自明。下联前半句是一个“陈述句”，但它陈述的人和事，不对上联的问话作回答。作者这样写，是要在似问非问、似答非答之中引起人们的注意，以增强对联的吸引力，是作者别出心裁的表达方式，值得大家仔细地体味。

天若有情天亦老，

月如无恨月常圆。

这是一副历经两个朝代才产生出的对联。上联是唐代诗人李贺《金铜仙人辞汉歌》中的名句，到了宋代，文人石延年以一句“月如无恨月常圆”作下联与之相对，实属浑然天成，不仅词类、声律对仗工整，而且表达的思想感情也相反相成。上联明说的是天，暗地里却是在拿它与人类相比，说人是有感情的，便有生老病死之变，而上天则没有生命，没有情感，所以它不会衰老病死；下联明说的是月，但暗地里也在拿它来与人类相比，并用拟人手法，说月亮跟人类一样有生命，有爱有恨，故人有悲欢离合之情，月有阴晴圆缺之态。如若月亮没有爱恨情感，那么圆圆的形状就会一直成为它的常态。上下联一正一反，借自然界以抒发对人生爱恨情仇、兴衰更迭的感慨。

意思相反的对联，常常存在反义词相对的情况，是这类对联的一个显著特点。如例句中的“有—无”“忠—佞”

“在一亡”等。

3. 意思相承

意思相承是说一副对联叙述的事情，阐明的道理，抒发的感慨等，都要靠上下两联来共同完成，上联只说了一半，另一半则由下联来说。由于这类对联句意上下连通，畅而不隔，如流水直下，故又称“流水对”。据说，律诗中有了“流水对”挺招人喜爱，因为有流水对就显得活泼灵动。“流水对”上下联之间常常存在着因果、条件、假设、转折、顺承等关系。例如：

野火烧不尽，
春风吹又生。

这一联出自白居易《赋得古原草送别》诗的颔联，意思是不管烈火怎样焚烧，也不能把野草烧个尽绝，只要春天一到，小草又会旺盛地生长起来。比喻人也要像小草一样，具有旺盛的生命力和顽强不屈的精神。上下联含条件关系。

山穷水尽疑无路，
柳暗花明又一村。

这一联是宋代诗人陆游《游山西村》诗的颔联，原句是“山重水复疑无路，柳暗花明又一村”，经历代流传，上联小有改动并被普遍认同。该联字面意思是说一个行路的人向前走啊走，不觉走到了山水的尽头，正疑心无路可走时，眼前忽然出现了一片开阔的境界，一个柳暗花明的美丽村庄。表面上是在描写自然景物，却隐含着一种处世哲理：人们在研究学问，处理问题时，有时会陷入一种一筹莫展，走投无路的境地，但只要锲而不舍，勇敢前行，往往又会绝处逢生，取得意想不到的新收获。此上下联间具有转折关系。

人从宋后羞名桧，

我到坟前愧姓秦。

这副对联是清朝乾隆年间状元秦涧泉写的。秦涧泉是秦桧的若干代孙。有一天，他和朋友们去西湖游玩，来到岳飞墓前，见到了秦桧夫妇的铁铸跪像，有朋友便给他出了个难题，要他对此情景题一副对联。秦涧泉心里虽不是滋味，对老祖宗又是恨，又替他害臊，但他仍毅然提笔写下了这副对联。上联说自宋朝以来，人们都不愿意取名为“桧”了，那样就会与佞臣贼子沾边，招来莫大的羞耻；下联说，今天来到岳飞墓前感到十分惭愧，因为我与奸贼同是姓秦！其实，秦桧的罪过与他的后代、与秦姓的人是毫无关系的，但我们还是钦佩秦涧泉这位状元公深明大义、爱憎分明。此联用镶嵌法把人名和姓氏分别嵌在上下联末，两句合起来，意思就完整了。上下联间是一种顺承关系。

4. 意思相近

意思相近是说上下联表达的内容相接近，差别不大，或同属一个范畴，或针对的是同一的人和事等，这类对联都是一面性的。例如：

旧学商量宜邃密，

新知培养要深沉。

这副对联系笔者抄录于江苏扬州“吴氏宅第”内，是宅中“测海楼”的大门联。吴氏出了许多杰出人物，既是书香门第，又是官宦之家。“测海楼”是吴氏治学读书之楼，楼名抑或取自成语“以蠡测海”，喻“学海无涯”之意。上联中的“旧学”指我国历代传承下来的优秀民族文化，即未受近代西方文化影响的固有学术，国学经典等。“商量”是研究、探讨之意。“邃密”是深入、严密之意。上联是说探讨我国悠久的传统文化，一定要深入、周密地考究。下联中的“新知”即新学，指“五四运动”前后提倡的新文化，以及由西方传入的文化、科学、技术等。“培养”是学习、造就之意，与“商量”意思相近。“深沉”是深入、彻底之意，与“邃密”意思相近。下联是说学习新文化、新科技，同样要深刻领会，深入钻研。两联讲的都是做学问应有的态度和精神，“旧学”“新知”都同属于文化学术领域。所以上下联的意思是很相近的。

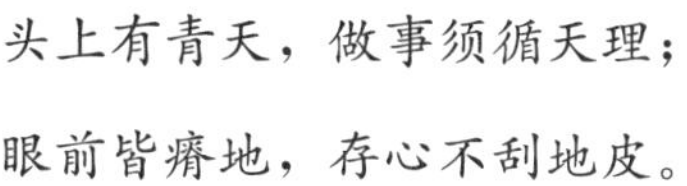

头上有青天，做事须循天理；

眼前皆瘠地，存心不刮地皮。

此联是封建时代一个在河北晋州为官的人，上任之初目睹官场贪贿现象严重，写来警醒自己的。下联“瘠地”以土地贫瘠比喻老百姓十分贫穷，“刮地皮”则比喻贪官污吏搜刮民财。上联警告自己做事要遵循天理，不要把治下的百姓害苦了。下联说眼见百姓都如此贫穷了，怎忍心去搜刮民脂民膏呢？两联意思一致，都讲要做清正廉洁的好官，不做贪赃枉法的酷吏。无论过去或当今，为官者若能有此初衷并为之身体力行，必当流芳千古。

意思相近的对联，常常有近义词相对的情况，如“宜—要”“邃密—深沉”。

5. 意思相映衬

意思相映衬的对联多数是描写景物的，让人在获得美感的同时，生发遐思，体验一种人生的感悟。例如：

落霞与孤鹜齐飞，

秋水共长天一色。

此联是初唐四杰之一的王勃所作《滕王阁序》中的一个对偶句，它虽不是专门为写对联而作，但它对仗工整，平仄谐调，即使句脚为“平起仄收”，仍不失为一副佳构。先解释有关词语：“鹜”，是野鸭，属鸟纲、雁形目、鸭科，野鸭能进行长途迁徙飞行；“一”这里不作数词用，而当“同一”“一致”讲，与上联的“齐”意思相近，用如副词；“色”若当名词讲，就与上联的“飞”不相对仗，若说它活用为动词，作“呈现颜色”讲，词性就一致了，而且也讲得通。如此，下联就可译作“秋水同天空一致地呈现出碧蓝的颜色”。联中“落霞”“孤鹜”“秋水”“长天”四个景象词语相互映衬，勾勒出了一幅水天相接、宁静致远的画面，令人产生无限的遐思，历来被奉为精妙至极的写景佳构。

与上下联意思要相关联的话题有连带关系的，还有两种情况不得不在本讲最后说一说：一是“合掌对”，一是“无情对”。

“合掌对”是指上下联意思基本相同，或局部相同的对联，这种语义重复、浪费笔墨的对联看着叫人生厌，是写对联的大忌。造成“合掌”的原因是上下联相对应的位置多处出现同义词。例如：

“布谷声声催懒汉，子规句句警闲人。”（布谷鸟又名子规）“凭汗水兴财家家喜，靠劳动致富户户欢。”“神州大地美如画，祖国山河艳若霞。”三例都是上下联意思基本相同的对联，若不假思索，也许还认为写得好呢。再如：“花甲重开，外加三七岁月；古稀双庆，内多一个春秋。”这是一副写给一位 141 岁老人的贺寿联。上联“花甲重开”指两个 60 岁，“三七岁月”是 21 岁，两者加起来就是 141 岁；下联“古稀双庆”指两个 70 岁，“多一个春秋”就是再加一岁，两者加起来也是 141 岁，全联借用“花甲”“古稀”两个表示岁数的称谓构成不同的算术式得到同样的结果，虽说富含妙趣，却是百分之百的“合掌对”。我在乐山一处农家乐大门上见到这样一副对联：“男乐女乐老乐少乐大家乐，乐来乐去乐乐乐；男欢女欢老欢少欢大家欢，欢来欢去欢欢欢。”全联除去“乐”与“欢”是不同的字相对外，其余都是用相同的字相对，其实“乐”对“欢”也是同义词相对，也是应当避免的。全联是彻头彻尾的“合掌对”。

反之，上下联意思毫不相关，也必然是写作对联的大忌，这种对联被称作“无情对”。例如“坚持重教尊师方向，反对贪污受贿作风”就是一副内容不相关、没有逻辑联系的无情对。但下面要介绍的“无情对”是撰联者有意而为，甚至可以说是挖空心思地写出来的，其上下联各自通顺，但组合到一起便不知所云，而一旦领悟过来，便觉十分搞笑，道不尽个中调侃之味。据说这样的“无情对”是文人们玩的文字游戏，但并不低俗，相反富含睿智。例如：

树已半寻休纵斧，

果然一点不相干。

据说上面这副“无情对”系张之洞所作，张是清末著名政治家、军事家及洋务派代表人物，与曾国藩、李鸿章、左宗棠并称晚晴四大名臣。一天，他与在京的同仁会饮于陶然亭，兴之所至，便以时人的诗句“树已半寻休纵斧”为上联求作无情对，他自己对的是“果然一点不相干”。上下两联词语、平仄对仗是工整的，“树”“果”均草木类名词，“已”“然”均为虚词，“寻”是长度单位，八尺为一寻，所以“半寻”“一点”均为数量词，“休”“不”均为虚词，“纵”与“相”有人说是虚词相对，但据文言词典，“纵”在此是动词，当“放纵、放任”讲，“相”是副词，表示动作偏指一方，可理解为“对其”，“斧”“干”都是古代兵器的名称。怎样理解“纵”与“相”的词性不对仗呢？《联律通则》第十二条说：“巧对、趣对、借对、摘句对、集句对等允许不受典型对式的严格限制。”无情对属“趣对”，个别词对得不工整，当属允许之列。上联的意思可译作“树已长到四尺多高了，可别任由斧头砍伐哟”，下联的“相干”正解是“对其动用兵器”，可是要作别解，当“干系、关系”讲，下联就是一句通俗的话：“果然一点儿干系也没有。”上下两句便只有“对”而无“联”了。据说，那天张之洞还以“陶然亭”之名作下联求对，在场的一位友人说：若求无情对，那就只好用阁下之名相对了，众皆笑曰：“妙，妙！张之洞——陶然亭。”

庭前花始放，

阁下李先生。

这个上联是明朝内阁首辅大臣李东阳出的。一天，十几个进士去拜访他，有个进士向他行礼时，称呼“阁下李先生”。“阁下”是对有身份地位人的尊称，李听后微微一笑，便请才子们厅堂入座。片刻，李对众人说，我有个上联“庭前花始放”，请诸位对个下联。进士们听了，寻思堂堂大学士出这么一个容易的上联，该不会是拿我们寻开心？反倒不敢随便应对了。李东阳见大家不出声，便笑了笑说，先前已经有一位对出来了——“阁下李先生”！大家方才恍然大悟，原来李老是要大伙儿续个无情对呢。下面的无情对请大家品赏：

皓月一盘耳，
红星二锅头。

珍妃苹果脸，
瑞士葡萄牙。

三星白兰地，
五月黄梅天。

公门桃李争荣日，
法国荷兰比利时。

细羽家禽砖后死，
粗毛野兽石先生。

苦海无边回头是岸，

甘地有缘涉足非洲。

无情对要求上下联字面上对仗工整，而且越工整越好，内容方面则是上下联相隔，而且隔得越远越好。怎样才能产生这种效果呢？其中一个很重要的手法就是“借对”，借用某些多义字词来对，使其产生歧义，以表达不同的意思，从逻辑上讲叫偷换概念，如“相干”“阁下”“先生”“甘地”等。要注意的是，无情对的出句不能有歧义，只能让对句产生歧义，让人先觉得丈二和尚——摸不着头脑，然后恍然大悟。

第七章　对联的写作技巧

前面六讲，介绍的是写作对联的方法与规则，均是遵循中国楹联学会所颁布的《联律通则》来写的，这与写近体诗或写词、曲要讲格律是一样的道理。写对联若不讲规则，那么，写出来的东西就不可称作对联了。《马湖艺苑》在征联过程中，有的作者数次应征不上，遂产生心灰意冷、消极抱怨的情绪，以至于不再参与此项活动了。其实，他们“脱靶”的原因很简单，一个是上下联相对应之处，或是词性不相同，或是词组、句子结构不一致；一个是不符合平仄对立的规则。我希望这部分作者仔细看一看前面六部分的内容，也许对你品赏、写作对联是会有帮助的。

我们知道，对联是我国汉语言文化所特有的一种文学艺术形式，是文学园地里的一朵奇葩，因而，汉文学的各种表达方式、修辞技巧，它都尽可能借以表达；此外，对联又是一种独特的艺术门类，在历史发展的进程中，又形成了自身独特的写作技法。若按楹联大全一类的书籍介绍，此类表现形式、写作技法多达50余种。我在此只作有选择性的介绍，即介绍那些常见常用的、易学易会的、趣味性强的。对那些少见冷僻的、意思不太大的表现技法，就不作介绍了；还有一些是在前面六章中已经涉及的技法技巧，为了节省篇幅，便不作或略作介绍了。

1. 比喻联

比喻即打比方，它是根据事物的相似点，用具体、浅显、熟知的事物来说明抽象、深奥、生疏的事物的方法。我们用“甲”表示被比喻的事物，称本体，用“乙”表示用来比喻的事物，称喻体。比喻的方法就可以简单概括为：明喻——甲像乙，“像”还可以说是“似、如同、仿佛……似的、好像……一样”等；暗喻——甲是乙，“是”还可以说是“为、作、成了、变成”等；借喻——以乙代甲，即本体事物不出现，直接说喻体。来看例句：

车窗似银屏摄进神州诗情画意，
公路如玉带引来巴蜀碧水青山。

以银线为弦弹奏两个文明乐曲，
用开关作键拨出四化建设欢歌。

以上两副对联，均选自本人搜集整理出版的《嘉州十二生肖春联集锦》。第一联采集自乐山汽车第三运输公司，说车窗好似银屏，公路如同玉带，把乘客坐在汽车内看到的景象表现得十分鲜明生动，这是比喻中的“明喻”手法。其中“摄进”“引来”也包含有拟人的成分。第二联采集自环城路乐山电力局，说银线是弹奏乐曲的弦，开关是拨出歌声的琴键，这是比喻中的“暗喻”手法，把电力职工以苦为乐，以苦为荣的乐观主义精神表现得淋漓尽致。两副春联都具有鲜明的行业特色。

其他如“青山不墨千秋画，绿水无弦万古琴”“书山有路勤为径，学海无涯苦作舟”这类传统且广泛流传的对联，它们把青山比作画，把流水比作琴，把“勤奋”比作通向书山的“路径”，把“吃苦”比作遨游学海的“舟楫”都是非常形象、富于表现力的比喻。

2. 比拟联

比拟修辞格包括将物当作人来写的“拟人”和将人当作物来写的“拟物”两种方法。运用这种修辞手法，能把人或事物表现得栩栩如生、神形毕现，有利于抒发作者胸中深邃的感情。例如：

池草入诗因有梦，

海棠带恨为无香。

上联说长在池塘中的小草为什么受到诗人的青睐，常常被他们写进诗中呢？就因为小草们都有情感，有自己美妙的梦想呢。下联说那鲜艳美丽的海棠花，为什么看上去总是带有几分遗憾和悔恨？就因为她自觉与其他的花儿比较起来少了香味。这种把物当作人来写、赋予物以人的言行或思想感情、用描写人的词语来描写物、使具体事物人格化的写法就叫“拟人”。又如：

春风放胆来梳柳，

夜雨瞒人去润花。

这是清代郑板桥写的一副对联，也是一副典型的“拟人”联。这副对联想象奇特，用语活泼生动。上联写作者看到在春风中摇曳的柳丝，便联想到这是有人在为它梳理“发丝”，这个“人”不是别人，正是大着胆子的春风呢。下联写夜雨润花的自然现象，也赋予它人的心态、情感，说它的行为不在白天而是在夜深人静的时候，因而是小心翼翼地、瞒着人进行的。这种独特的想象，就把平平常常的自然现象写活了，大大地增强了对联的感染力。再看：

奋蹄曾创千秋业，

伏枥犹存万里心。

这副对联选自我搜集整理出版的《嘉州十二生肖春联集锦》，是 1996 年我在乐山市印刷厂门前抄录的。与上面两副对联相反，它是把人当作物来写的，属于“拟物”联，即是把全厂职工比拟作一匹“千里马”。说它年富力强时，曾经创下光耀千秋的大业；如今虽已老骥伏枥，却仍怀奔腾万里的雄心。其本意是反映全厂职工在改制转型时期，面对新的困难和新的挑战也不退缩，并以过去创业的荣耀、奋斗的精神来相互砥砺，以坚定战胜困难的勇气和决心。

此联把人比拟作千里马，使人的形象、精神更加威武雄健，大大地增强了表达效果。其中“千秋业”“万里心”也少不了含有夸张的意味。

3. 夸张联

夸张是为了满足某种表达效果的需要，对事物的形象、特征、作用、程度等方面着意夸大或缩小的修辞方法，用以加强感染力，突出事物的本质特征。夸张手法在对联中也不乏运用。例如：

福如东海，

寿比南山。

这是一副从古至今都广为运用的为长者、尊者祝寿的对联。上联祝主人的福气像东海一样浩大，下联祝主人的寿命如南山一般久长。南山，即终南山，又名太乙山、周南山，是秦岭山脉的一段，素有“仙都”“天下第一福地”的美称。这副寿联字数虽少，却把美好的祝愿表达到了极致。为什么会有这样的效果？就因为它一方面运用了形象的比喻，另一方面又竭尽了夸张之能事：谁的福气再大也大不过浩瀚的东海吧，寿命再长也长不过终南山呢。但联文这样地夸张，一点也不觉得过分，相反地使人闻之欣喜，受之愉悦。再如：

门对千根竹，

家藏万卷书。

这是明朝大学士解缙，在其 14 岁那年的大年三十为自家写的一副春联。上联写的是他站在门前所见之景。因他家对面住着个姓曹的尚书，尚书家殷实富足，院子里栽了一大片竹子，竹子高出院墙，从外面看去，一片葱绿，惹人喜爱。下联写自己家中藏书丰富。解缙的父亲是个读书人，母亲也读过不少书，所以解缙从小就有条件在书香门第饱读诗书，接受良好而严格的教育。当这副对联第二天一大早贴出时，曹尚书一见便来了气，心想：你个小户人家，也配说“家藏万卷书”吗？我要让你的对联贴不成。于是，他想了一个自认为聪明实则愚蠢的办法，让家中仆人把院子中的竹子全都砍去了上半截。这下，在墙外的人就看不见院子中的竹子了。曹尚书心想：看你还怎么个“门对千根竹”。聪敏的解缙见此情景，一下就明白了是怎么回事，便回家续写了两个字，在其春联的下边各接一个字，就成为：“门对千根竹短，家藏万卷书长。”曹尚书看了，气不打一处来，就叫仆人把竹子齐根砍个精光，叫你“短”不成！解缙见曹家如此恶作剧，更觉好笑，心想：你这个堂堂曹尚书，竟跟我小孩子斗气，那我就再气气你。于是解缙又写了两个字，再次接在联末，成为：“门对千根竹短无，家藏万卷书长有。”这下，可把曹尚书气得直翻白眼，半晌，他才如梦初醒：完了，我这片大好的竹林，全被这小子的春联给毁了！曹尚书心胸太过狭窄，干了既不损人又不利己的傻事，实属咎由自取。但“家藏万卷书”这种夸大之说，却是点燃他胸中妒火的直接诱因。

千年古树为衣架，

万里长江做澡盆。

此联是杨升庵与县令的对答联。杨升庵名慎，字用修，号升庵，四川始康县（今成都新都区）人。年少即显奇才，二十四岁（明正德六年）中状元，授翰林修撰，文学家，明朝三大才子之首。《三国演义》开篇那首词《临江仙·滚滚长江东逝水》就是他千古不朽的咏史之作。升庵少年时，有天在家乡一道堰渠里洗澡，恰遇始康县令路过堰边，少年升庵未及回避，县令怒火顿生，本想令随从打他的板子，可升庵拒不上岸。县令便叫随从把他的衣裳裤子挂到路旁的古树上去，对他说：我出句上联，你若对得好，便把衣裤还你。于是将自己令随从搞的“恶作剧”美化为上联——“千年古树为衣架”，县令话音刚落，杨升庵便随口对出下联——“万里长江做澡盆”。县令听后惊喜莫名，忙令人从树上取下衣裤，还给杨升庵，还邀请他到县衙做客。从此，杨升庵便得了“神童”称号，老百姓也将他洗澡的堰渠取名为“娃娃堰”。现在我们来看这副对联的修辞技巧，可能大家会众口一词地说“夸张”！不错，是夸张，但究竟是夸大呢，还是缩小呢？试想：参天的“千年古树”仅当作个晾衣架，浩渺的“万里长江”不过一洗澡盆而已，岂不是将它们缩小到千倍、万倍了吗？

4. 疑问联

疑问联中，都含有疑问句，但要分三种情况：第一种是一般疑问句，它是有疑而问，一般需要回答；第二种是设问句，作者自问自答，是无疑而问，意在加强语气，引起听者的注意；第三种是反问句，也是无疑而问，不需要回答，答在问中，不言自明。下面分别举例叙述：

泉自几时冷起？

峰从何处飞来？

这副对联在第四讲谈上下联句法要相同时曾引用过，它是杭州西湖灵隐寺冷泉亭悬挂过的一副对联。上下联都是一般疑问句，即是有疑而问，需要回答的。不过此联的回答不具体要求某个人来作答，欲对者只需心头想想，口头说说即可以，能引起读者的思考和共鸣便是撰联者的初衷了！据说，清代著名学者俞樾与夫人游灵隐寺时，小坐亭上，共读此联后，夫人道：此联问得有趣，请先生作个对答。俞樾应声答曰：“泉自有时冷起，峰从无处飞来。”夫人思索片刻说，不如改作：“泉自冷时冷起，峰从飞处飞来。”说完，夫妻俩都爽朗地笑起来。过了几日，俞樾夫妇携次女来游，俞樾要她试试为冷泉亭联作答。女儿沉思良久，笑答：“泉自禹时冷起，峰从项处飞来。”俞樾吃惊地问："'项'字何指？"女儿说："若不是项羽将此山拔起，它怎会飞来？"原来女儿说的是泉从大禹治水时冷起，峰从"力拔山兮气盖世"的项羽那儿飞来。听了俞樾次女睿智的回答，不免让人感慨："长江后浪推前浪，世上新人赶旧人！"

洞庭湖八百里，浪滔滔，波滚滚，大人由何而来？

巫山峡十二峰，云霭霭，雾腾腾，本官从天以降。

这是四川才子李调元巧对湖南候补道的一副斗智联。上联是个一般疑问句，是有疑而问，需要应对者回答的。李调元是四川绵州（今德阳市罗江县）人，戏曲理论家、诗人，与张问陶（号船山）、彭端淑合称"清代蜀中三才子"。乾隆初年，李调元在上任广东学政途中，从长江顺流而下，经过湖南时，湖南巡抚在洞庭湖畔为他设宴接风。席上，一位候补道想在巡抚大人面前卖弄才学，欲邀李调元即兴属对，便以巧言征询巡抚大人的意见。巡抚也知这位候补道胸中确有墨水，让他与学政大人以联会友，也可活跃席上的气氛，便默许他向学政大人作邀请。李调元先以"才疏学浅"客套了一番，继之以"盛情难却"只好"班门弄斧"委婉"接招"。于是那位候补道就出了上面这句问话联。上联一出，巡抚面露喜色，众属下也交口称赞，都认为上联出得既有地方特色，又不易属对。谁料李调元并不怎么思索，一口饮干杯中之酒，便对出了下联。湖南巡抚见学政大人对得如此神速，如此巧妙，也忘了自己的身份，忙向李调元敬了一个双杯酒……

此次即兴属对，还有精彩下文，留待后面讲相关写作技巧时，再作介绍。

咦！哪里放炮？

哦！他们过年。

这副简短的十字联，上联提问，下联作答，属于第二类设问联，自问自答，起加强语气、引起观众注意的作用。这副对联产生于清末民间，那时清政府腐败透顶，对外割地赔款，对内加紧盘剥人民，致使劳动人民生活濒临绝境。此联反映的是云南某地春节期间，富豪之家花天酒地，大放鞭炮，贫苦百姓却饥寒交迫，年关难过。有个农民气愤已极，便在村口土地庙门上贴出了这样一副春联，借土地神之口气，发泄心中怨愤。

巷有几人？举贡、监员、进士。

家无别业：诗书、礼乐、文章。

此联上联自问自答，也属设问联，产生于清朝乾隆年间，是广东新会县一富豪氏族门上贴出、用以炫耀门第高贵的对联。上联意思是：这街头巷尾的，能有几户可与我家相比？我家一门就出了举贡、监员、进士三位官人。下联意思是：我家族人从事的职业和正在造就的学业，都是高尚、儒雅、不俗的诗书、礼乐、文章之类。上联提到的举贡、监员、进士，是元、明、清科举时代考试及第的学位或官阶的称谓。一个家族相继考取三位举子以上的达官贵人，实属不易，但写成对联张贴于大门上炫耀，也未免自我陶醉、招摇、傲视邻里了。一日，也属广东举人的萧燧打从富豪家门前经过，见此联语，觉得主人大言不惭，怒气顿生，挥笔将其对联改写为："巷有几人？化子、舞蛇、弄术；家无别业：琵琶、绰板、三弦。"这一改，把这家高贵门闾大大地贬低了，主家只好知趣地将对联换掉。

秦皇安在哉？万里长城筑怨；

姜女未亡也，千秋片石铭贞。

这副对联在第六讲谈到对联上下两联意思相反时用它作过例句，这里只就它上联中用了反问句说说。"秦皇安在哉？"看似在问别人，其实作者是明知故问，意思是："如今秦始皇在哪里呢？他不是早已不在人世间了吗？"这种无疑而问，答案已在问中的句子，就是反问句。除此，不再赘述。

5. 双关联

在一定的语言环境中，利用词语的多义或同音的条件，有意使语句具有双重意义，言在此而意在彼，这样的修辞手法就叫"双关"。双关修辞手法可使语言表达得幽默、含蓄、加深语义，给人以深刻印象。例如：

两船并行，橹速不如帆快；

八音齐奏，笛清难比箫和。

这是明朝永乐年间立下多次战功，官至兵部尚书的陈洽，少年时代与其父亲的即兴对联。一天，父亲带着小儿子陈洽去江边玩耍。此时，江上有两只船正一块儿往前行，不多时，那只带帆的船就跑到另一只摇橹的船的前面去了。父亲见此情景，心里一动，就想出了此联的上联，并让儿子来对。此上联不光说两船并行谁快谁慢，而且还用词语谐音（声音相同或相近）的关系，来表达双关的意思。其中“橹速”跟“鲁肃”谐音，“帆快”跟“樊哙”谐音。鲁肃是三国时期东吴的将军和外交家，樊哙是汉高祖刘邦的一员大将。父亲的出句，不免有拿两个名人来调侃的意味。如此出联，一下把小陈洽给难住了，正当他着急苦思时，忽听远处飘来悠扬的笛声，近处又传来低沉的箫声。笛子和箫都是用竹管做的乐器，“横吹笛子竖吹箫”是这两种乐器吹奏方法的形象说明。陈洽闻声，立刻想出了下联，而且也巧妙地运用了谐音词语来表达双关的意思，与上联巧妙相对。“笛清”字面上说的是笛音清越，暗地里指北宋大将“狄青”；“箫和”字面上说的是箫声柔和，暗地里是指汉高祖刘邦的大臣“萧何”。“八音”指乐器，我国古代把乐器分成八类。陈洽的下联，也学父亲的样，拿另两位历史名人来开个玩笑。父亲听儿子对得这么巧妙，高兴地用双手把他举过了头顶！

二猿断木深山中，小猴子也敢对锯？

一马陷足污泥内，老畜生怎能出蹄？

明代三大才子之一的解缙，从小聪颖过人，文思敏捷，他十九岁便中了进士，官至翰林学士。一天，解缙参加同僚聚会，一个位高权重的大臣十分嫉妒解缙的才华，想当众奚落他，就提出让解缙对句，并出了这么个阴阳怪气的“二猿断木”的上联，以“对锯”谐音“对句”，一语双关地来讽刺挖苦他。解缙听了，知对方不怀好心，便以“一马陷足”的下联来个反唇相讥，其中以“出蹄”谐音“出题”也是一语双关，意在言外。解缙的下联把这位大臣弄得十分尴尬，还不能发作，在场的官员们都一个个暗自好笑，佩服解缙的胆识、才华。补充一下，此联上下两联都在提问，但它们并不需要谁来回答，答案不言自明，是一种为了加强语气而使用的反问句，全联也便是反问联了。

中国捷克日本，

南京重庆成都。

1945 年 8 月 15 日，日本宣布无条件投降，中国人民取得了抗日战争的伟大胜利。喜讯传遍中华大地，全国人民一片欢腾。当捷报传到四川成都时，成都城也一下子沸腾起来，鞭炮齐鸣，锣鼓喧天，人们高兴地把手中的帽子往天上抛，甚至卖水果的也把瓜果往欢乐的人群里撒，让大家都尝尝“胜利果实”！人们纷纷写出大幅标语，或在自家门上贴出欢庆的对联。其中有一副对联相当特别：上联写的三个国家名——中国、捷克、日本，下联对的是三个中国地名——南京、重庆、成都。此联一出，引得围观的人齐声喝彩。原来，这是一副巧妙的双关联。上联不把“捷克”作国名，而把它当作两个词来理解，即“胜利”“攻克”之意，也就是“战胜”的意思。下联也把“重庆”“成都”分别当作两个词来讲，都赋予双关意义，即“重新庆祝”“成为国都”之意。这么一来，上下联的意思就是：中国人民战胜了日本强盗，庆祝南京城重新成为国都。

南京原本是中华民国的首都，1937 年日本攻占南京后，国民党蒋介石把首都迁到了四川重庆。抗战胜利后，才得以又将首都迁回南京。

四世同堂，三间老舍开茶馆；

三生有幸，四季东坡种海棠。

这副对联的上联是一位诗友写给我的，下联是我几天后对出的。2018 年 6 月 20 日那天，乐山市市中区诗词学会的朋友们齐集“仙彩湖”生态园活动。会上诗友们各自朗诵了自己的清明、端午诗作，还欣赏了市老年书法家们当场挥毫创作的书法作品。会后，乐山市诗词学会副会长、会刊主编吴敦杰先生递给我一张信笺，并说，里面有两条上联，你来对对吧。接过信笺，看了两条上联，觉得不是随便就能对出的。便说，我回去想想吧。6 月 27 日，我将两联对出，上面的“四世同堂……”便是其中之一。我分析上联：“四世同堂”是老舍所著长篇小说名，“茶馆”是老舍所著话剧名，对下联时，与此两处相对应的，也必须是能带上书名号的文学作品名称。“老舍”一词，既是“四世同堂”和“茶馆”作者的笔名，又指老旧的房屋，因而是一语双关的。再仔细分析，“四世同堂”和“茶馆”也是含有双关语意的。这些，都是对下联时不小的障碍。说也奇怪，我在对下联时，似乎也并未费多大的周折。我先从寻找有别名的作者入手，其作品也要够多的，才有挑选的余地。这样，我一下就选中苏东坡；第二步看“四世同堂”，其中的“世”使我想到了佛家用语“前世今生”，便抓住了“生”字，“生”对“世”正好应了“生生世世”代代传承的理念，自然地我就想到了“三生有幸”这个成语。再下来就要看“三生有幸”能不能是苏东坡的作品名了。经查，果然东坡写有《僧圆泽传》，讲的是唐朝年间一个关于《三生有幸》的故事，这下“堡垒”基本攻破了。《海棠》一诗更是从苏东坡的诗歌中信手就拈来了。于是“三生有幸，四季东坡种海棠”的下联便脱颖而出了。

纵观全联，双关修辞法可谓一贯到底：“四世同堂”“三生有幸”“茶馆”“海棠”它们既是文学作品名称，又是一般用语或普通事物的名称；“老舍”“东坡”既是两位大文学家的别名，又有“老旧房屋”“东面山坡”的含义。此联的双关是同一词语的双关，与本项目第一、第二副对联用同音字相谐的双关有区别。

6. 借代联

当我们说到某一事物时，不直接用它的本名，而借用跟它有密切关系的另一事物的名称来替换它，这就是“借代”。简言之，借代就是换个说法，简称“换名”，被替换的事物是本体，借来替换的事物称借体。借代的方法有：借本体事物的特征、标志代表本体；借本体事物的部分代表整体；借人物的称谓或生理特征代替本人；借有代表性的个别人或事物代表某一类的人或事物；用具体的事物代替抽象的事物；等等。借代修辞方法的好处是使语言形象生动，简洁含蓄，激发人的想象和联想。来看实例：

未得“之乎”一字力，

只因“而已”十年闲。

此联说的是宋朝洪平斋的故事。洪平斋学问很好，考上了进士后，在朝廷里当了个小官。但为人正直敢说，鄙夷阿谀奉承，憎恨贪赃枉法。他看不惯当朝宰相干的坏事，就上书给皇上，说宰相“招权纳贿，依势作威而已”。意思是说宰相就会拉帮结派，受贿贪财，倚仗权势耍威风罢了。宰相扣压了洪平斋的奏章，给他小鞋穿，让他在其小官的位上当了十年闲官，一事无成。洪平斋无处发泄，便在过年的时候贴出上面这副春联。说自己读了那么多“之、乎、者、也”的圣贤书，方考上进士，在还未有所作为时，却因告了宰相一状，说他“……而已”，就被冷落了十年，纵有满肚子学问也枉然了。对联中的“之乎”“而已”是古书中常用的虚字，是文言文的特征，“之乎”“而已”所指代的就是洪平斋所读的古书，这就是用“以特征代本体”的方法写成的借代联。

再看下一联：

未忘李桃争艳日，

常思园叟育花情。

此联写成于 1997 年 12 月 26 日，是我为乐山四中高 1956 级毕业的几位在乐山同学将会见当年的班主任杜厚寿、物理老师蒋仲达而撰写的，由擅长书法的雷成雨同学书写。1998 年 1 月 1 日，雷成雨、董光耀、华仲篪、蒲运乾四位同学及其夫人一道，约请了杜老师、蒋老师、蒋师母，在乐山城中的餐馆“晏平乐”聚会。餐前，在一间室内开会，墙正中贴上对联，请老师们上坐，师生共同追忆 42 年前在四中求学、接受老师培养教育的难忘岁月。这副对联就是借代联，上联中“李桃”指代学生，下联中“园叟”指代老师。“李桃争艳”比喻同学们在学习上积极进取，你追我赶，争创好成绩；“园叟育花”比喻老师像园丁一样，精心培养学生。这种借代（严格说是借喻），是借“喻体”代“本体”的写法。

对联中不乏用借代方法的例子，比如“青山有幸埋忠骨，白铁无辜铸佞臣”这副对联，在讲“拟人联”时，曾以他作过例子，此联中的“忠骨”和“佞臣”就各有指代，“忠骨”代岳飞父子，“佞臣”代秦桧等奸臣。由此看来，一副对联有时还能包含不止一种的表现方法。

7. 回文联

“回文”又叫“回环”，是利用词语的回环往复造成的一种修辞格。文学作品中的“回文”修辞法，多指词序的颠倒，如“大快人心——人心大快”，“骄傲不进步——进步不骄傲”。而对联中的“回文联”，是指字序的颠倒，让整个句子的顺读与倒读，都能读得通、讲得通。如“腐怕官清——清官怕腐”。

下面这副回文联流传甚广，影响较大，是清朝乾隆皇帝所作：

客上天然居，

居然天上客。

“天然居”是当时北京一家酒楼的名称，一次，乾隆皇帝去酒楼宴饮，在称赞楼名高雅的同时，以之为题作了这副回文联。上联是说客人去“天然居”酒楼吃饭。下联是将上联倒着念，说自己居然成了天上的客人。乾隆皇帝想出这副回文联，心里很是得意，他便把上下联连成一句作上联，让身边的大臣们按此格式对下联。大臣们你看看我，我看看你，没人出声。唯独纪晓岚思维独到，少顷便对出了下联：

人过大佛寺，寺佛大过人。

“大佛寺”是北京东城的一座有名的寺庙。对句的前半句是说人们路过这座寺庙，后半句说庙里的佛像大得超过了真人。纪学士的学问也真是了得！现把出句与对句放到一块儿，就成为：

客上天然居，居然天上客；

人过大佛寺，寺佛大过人。

另有一说，说是纪晓岚对的下联是“僧游云隐寺，寺隐云游僧”，其实，这两条下联都对得很好，一起提供给大家，可以增加知识。“云隐寺”位于江西崇义县的阳岭，阳岭现为国家 AAAA 级森林公园。

回文联的顺读与倒读，产生了两种既有关联又迥然不同的意思，从而产生一种让人意想不到的趣味，故颇受楹联界的重视和爱好者的推崇。效法者还以征联的方式，调动大家参与属对的积极性，扩大了它在社会上的广泛影响。

据说，20 世纪二三十年代，上海报纸上刊登了一条回文上联，向全国征下联，该上联是：

上海自来水来自海上

当时征集到的较好的下联有：

西湖垂柳丝柳垂湖西

山东落花生花落东山

山西悬空寺空悬西山

山西运煤车煤运西山

这次征集活动的回文联，与乾隆皇帝出的回文联小有差别，乾隆皇帝所出回文联，顺句与倒句之间用逗号隔开，顺句末尾一字就是倒句开头一字。这次征联，单就出句或单就对句而言，中间都不用逗号隔开，中间一字不重复，并以之为“分水岭”，两边的字分别以相同的字依次构成对称。

20 世纪 80 年代，《中国青年报》又以此句作上联求对，征集到的对句有：

北京输油管油输京北

黄山落叶松叶落山黄

长城计算机算计城长

中国横断山断横国中

补充一则新近信息，2020 年 6 月新冠肺炎疫情得到控制后，各地大学纷纷复课，一则来自网上的消息说，上海一名大学生又将“上海自来水来自海上”这句回文上联在喜庆复课的灯谜会上发布出来求对，产生了“推陈出新”

之作：

香山碧云寺云碧山香（北京大学生对）

湖南绣花女花绣南湖（湖南大学生对）

江西明月山月明西江（江西大学生对）

南海护卫舰卫护海南（海南大学生对）

三块五花肉花五块三

（据说，此下句是扫地大妈信口对出的。内容虽然俚俗，与出句不太对应，但完全符合回文联的要求，不单搞笑，也反映了劳动者的智慧。）

三次同题征联对出的下联，反映了时代的变迁，社会的发展，文明的进步。

《马湖艺苑》第 12 期曾刊载编委主任陈国安先生根据民间故事写的一篇文章《泥潭姻缘》，讲述诸葛亮南征时，与孟获彝兵对峙马湖。一次，两军交战，蜀将关索对阵孟方女将阿呷，由于双方武艺高强，势均力敌，大战数十回合仍不分胜负，直至天黑，追杀中双双马陷泥潭，人也冷冻昏厥过去，后被蜀军救起，苏醒后二人竟产生了真挚的爱情。更可喜的是双方大本营都同意二人定亲，孔明、孟获也休战言和，成就了一段“泥潭姻缘”的佳话……第 13 期的《马湖艺苑》征联时，编辑部便根据这个故事，出了个“回文”上联：

将陷泥潭泥陷将

应征者也对出了若干不错的下联，以下两条并列获得一等奖：

名留蜀史蜀留名

姻联战地战联姻

8. 顶针联

顶针（也作顶真），又称联珠、蝉联，是用前一句的结尾来作后一句的开头，使相邻的句子首尾衔接，产生上递下接妙趣的一种修辞格。

下面这副顶针联，是我国著名戏剧大师梅兰芳非常喜欢的，联文如下：

看我非我，我看我，我也非我，

装谁像谁，谁装谁，谁就像谁。

这副对联，把戏剧表演人的扮相，以及由此产生的如真似幻的感觉，表演的技巧、功夫都体现得出神入化，在引人深思之后久久不忘。此联对仗也十分工整，上下联不相同的字仅有八个，依靠顶真、叠字的手法，不仅增加了字数，更大大地增加了对联的层次，充实了对联的内涵。

1990 年 9 月 22 日至 10 月 7 日，第十一届亚运会在北京召开。《中国青年报》为此刊登了一条用顶真法写的上联，向全球征对，该上联是：

亚运燃圣火，圣火出神州，神州燃遍圣火

对得较好的下联有：

中国响凯歌，凯歌传寰宇，寰宇响彻凯歌

中华卷雄风，雄风震寰宇，寰宇卷及雄风

1999 年，昆明世界园艺博览会举办后，有人又对出一条下联：

世博开鲜花，鲜花香赤县，赤县开满鲜花

第三条下联的作者，精神是很可嘉的，征联活动虽然过去 9 年了，但他还是不忘那次征对，一旦产生触发点，他就不会放弃属对的机会。但笔者以为这个下联对得是不成功的。一是在内容上它与上联不相关联，二是以“赤县”对“神州”犯了“合掌”的弊病。

《马湖艺苑》征联，也用过顶针法。第 14 期出的是“文章家国事，事事关心”，征上联。对句、出句如下：

时世舜尧天，天天降福；

文章家国事，事事关心。

第 23 期的出句是“大烛光芒普照人心，人心向善”，征下联。出句、对句是：

大烛光芒普照人心，人心向善；

中华儿女共襄国梦，国梦成真。

这两次以顶针法征对，效果都不错，从列出的对句看，不仅对仗工整，平仄协调，上下联意思关联，且有很好的思想内涵。

9. 叠字联

在联句中，出现同一个字重复使用的情况，这种对联就称“叠字联”或“重字联”。文字重叠使用，具有强调的作用，且音韵和谐，节奏明快，利于抒发感情。

杭州孤山中山公园内“西湖天下景”亭有一联：

水水山山处处明明秀秀，

晴晴雨雨时时好好奇奇。

这副对联，重叠的字是挨在一起的，称连续重叠。它还有一个巧妙之处，将上、下联倒着念过去，也能念通，可作回文联看待。

风声、雨声、读书声，声声入耳；

家事、国事、天下事，事事关心。

这副对联，重叠的字大多是隔开的，称间隔重叠。这是一副特别有名的对联，是明朝末年东林党领袖人物顾宪成为东林书院撰写的。东林党是怎么回事呢？明朝末年，无锡人顾宪成、高攀龙本在朝廷做官，因看不惯朝廷中的坏事，站出来抨击，冒犯了重权在握的大太监魏忠贤，被罢了官。他们回到家乡，就办起东林书院讲学。他们常在书院里批评朝政。他们还告诉到这儿来学习的人，不单要读书，更要关心国家大事。东林书院的名气随之越来越大，影响越来越广，同情、支持书院的人，就把书院的人称为

“东林党”。奸贼魏忠贤对东林党人恨之入骨，顾宪成病逝后，东林党的领袖人物都一一被他害死，东林书院也被拆毁。但顾宪成写的这副对联却代代相传，人们都敬佩东林党人热爱国家，关心天下大事，把学习和国家前途命运结合起来的精神。再看下面例联：

平湖湖水水平湖，未餍所欲；

无锡锡山山无锡，空得其名。

据说，清朝浙江平湖县令，是个贪得无厌的赃官，朝廷派来巡抚查处他。巡抚听说他有些学问，就把他叫来，对他说：“听说你很有才（财），我今天出个上联，你来对对。”巡抚就出了上面的那句上联，字面上说的是平湖的水涨满了整个湖面，暗地里是说：“你搜刮老百姓的钱财，把私囊装得满满的了，可你还不满足。”县令听巡抚话里有话，也仿照巡抚用句双关语来辩护，说：“无锡城里有座锡山，但山中根本没有锡，只是空有其名罢了。”无锡是县令的家乡，他以“锡山无锡”的言外之意来辩白自己空背了贪污的名声。巡抚念其有才，对他的查处也就慎重多了。此联中的重叠字不是声音的简单重叠，而是将两个重叠的字分开来与其前后的字各组成词，表达不同的意思。既有连续重叠，又有间隔重叠。

春晚迎春春不晚，

岁寒守岁岁无寒。（山东　官建国对）

这副对联是2011年央视春晚春联征集活动获奖的五副优秀对句之一。这也是一副叠字联，上联的“春”既是间隔重叠，也是连续重叠，“晚”是间隔重叠；下联的“岁”对“春”，“寒”对“晚”，依样重叠，它不仅词语对得很工整，平仄也对得很合格律。上下联在内容方面非常贴切，“春晚”是当代国人辞旧迎新的文艺活动的简称，属名词；“岁寒”是年终岁尾的节令的称呼，也属名词；“守岁”则是国人传统的辞旧迎新的风俗，两者意义一致，都表达人们无比欢乐和喜庆的心情，都把什么“晚”呀，“寒”呀的抛在脑后，置之度外了。上联末字“晚”是“迟”的意思，形容词；下联末字“寒”，本义是“寒冷”的意思，形容词。这样，前后两个“晚”“寒”的词性就有区别了。

早进来晚进来早晚进来，

先出去后出去先后出去。

这副叠字联是作者从2019年8月中央电视台一套播放的电视连续剧《特赦1959》中见到的，是在北京“功德林”战犯改造所接受改造的战犯王耀武写的。王耀武是国民党的高级将领和山东省主席，黄埔军校第一期学生，解放战争中，在济南战役被人民解放军俘虏。但在抗日战争期间，王耀武一直勇敢地坚持抗日。王耀武在战犯改造所态度较好，接受改造，进步较快，在改造所度过第一个春节时便写下了上面这副春联，主动拿去贴在宿舍门上。当毛主席听到罗瑞卿以及战犯改造所领导汇报此事时，高兴地说："王耀武这副对联写得不错啊，算得上是生动有趣，真实诚恳哪。他在抗战时期有功于国家，有功于民族。功是功，过是过……"这副对联的上联，表达了王耀武接受改造的诚意，"早晚进来"含有战犯们早晚都得进来接受共产党改造的意思。下联表达了对战犯改造所，即对共产党的信任。把自己改造成为对社会、对人民有用的新人，重新融入社会，是改造所对他们的要求，也是他们对未来抱有信心的表示。

但这副对联的句脚是上平下仄，突破了规则，我们姑且按特例看待。

海水朝（cháo）朝朝朝（cháo）朝朝（cháo）朝落，

浮云长（zhǎng）长长长（zhǎng）长长（zhǎng）长消。

这是山海关孟姜女庙的正门联，相传系南宋著名政治家与诗人王十朋所撰，他巧用汉语一字多音多义，同音、近音通假（用读音相同或相近的字来代替另一个字使用）的方法，写出了这样让人耳目一新的叠字联。要读懂对联先要弄清其中重叠字的读音，上联中带点的"朝"读cháo，与"潮"字通假，再用如动词，便成了"涨潮"的意思。没有带点的“朝”读 zhāo，当“天、日”讲。这样上联的意思就是：海水涨潮，天天涨潮，每天涨潮又每天落潮。再看下联，带点的“长”读 zhǎng，当“生长或产生”讲，没有带点的“长”读 cháng，即长短的长。这样下联的意思就是：浮云长出来了，长长地长出来了，长长地长出来又长长地消散去。下联中的“长”，只作多音多义字，有人把带点的“长”当作“涨”的通假字，我认为是不妥的。因为上联中已经表达了海水涨潮、落潮的意思了，便不会再在下联中又说浮云也像潮水那样一涨一消。按照下联的意思“消”应与“长”反义相对，有“此消”“彼长”之意，如同上联的“涨潮”与“落潮”反义相对是一样的道理。此联写出了姜女庙前潮起云生，茫远高阔的景象，让人产生身世浮沉，日月消长的联想。

经典的叠字联还很多，我不别赘述，这里向大家介绍一则我听来的对联故事：

20 世纪 80 年代初，国家方方面面都百废待兴，生活物资匮乏是普遍现象，比如生火做饭就只有靠烧煤，无论市民、工人、教师、机关干部，只要是家庭中的主要出力者，大都有过去买蜂窝煤、煤球的经历。当时乐山全城的蜂窝煤厂只有几家，布局很分散，生产方式也落后，产品供不应求，买煤的人排着长长的队伍，一等就是老半天。此时，“摆龙门阵（讲故事）”“吹牛”就成为排队的人们打发时光的好办法。有一回，我在等候的人群中，就巧遇一位老者讲了乐山民间流传的一则对联故事。故事说的是清末年间的事，说凌云山下有户人家，从他家门前上山看大佛是条捷径，于是过往的人越来越多。户主人寻思，不能让过路人光占便宜，便想出了个办法，让过路的人对对子，能对上的，就让他经过。其出句是：

大佛寺，大和尚，敲大钟，打大鼓，诵大经，大慈且大悲

出句中，每个停顿小节里都有个“大”字，是个很考人的叠字联，许多人听了都无奈地“打退堂鼓”，只好去绕远路。一天，一个秀才模样的年轻人从此处经过，想来试试对句，当主人说完出句后，年轻人不经意间回看来路上，有个小脚妇女背着婴儿，踩着小河沟中安放的大石头，正小心翼翼、晃晃悠悠地过沟去……见此情景，青年的对句一下就涌出来了：“小户家，小娘行，裹小脚，背小孩，走小路，小心又小意。”户主听完，面露喜色，没想到连日来无人能对的难句，让这位年轻的才俊见景生情，迎刃而解了，忙说：“官人请过，官人请过！”

按照对联的平仄规则，上联末字应为仄声，下联末字应为平声，所以此联的出句应是下联，对句应是上联：

小户家，小娘行，裹小脚，背小孩，走小路，小心又小意；
大佛寺，大和尚，敲大钟，打大鼓，诵大经，大慈且大悲。

叠字联是很有规律的，上联中什么位置使用了叠字，

下联中与之相对应的位置就要用上另一个叠字。如果上下联的叠字错位或不对等，就叫不规则重字，是对联的大忌。

10. 拆字联

拆字联是对联别具一格的形式。拆字，也称析字、离合，是将对联中相关的字拆离开或合并拢，使之成为另外的字，并赋予新的意义。来看例句：

此木是柴山山出，

因火成烟夕夕多。

这是一副挺有名的合字联。上联中“此”和“木”上下摞到一块，就成了“柴”字，“山”跟“山”摞到一块就是“出”字；下联中“因”和“火”左右一合，就成了“烟”字，“夕”跟“夕”上下一摞，就成了“多”字。此联对得很工整，上下联的意思联系也很自然，很有生活气息。

人曾是僧，人弗能成佛；

女卑为婢，女又可称奴。

上面这副合字联，有一段有趣的来历：一次，苏东坡和他的朋友佛印和尚谈论佛事，佛印大吹大擂什么佛力广大，佛法无边，暗示他这样的出家人也是神通了得的。躲在帘子后的苏小妹听了，想刺一刺这个大言不惭的和尚，便写了“人曾是僧……”的上联，叫使女拿出去托哥哥转给佛印，并让佛印对下联。苏东坡看了，一边交给佛印，一边说："有意思，有意思。"佛印受到如此的挖苦，不甘认输，想来个反戈一击，经过一阵苦苦思索，终于有了下联"女卑为婢……"，也交给苏东坡转苏小妹。苏东坡见了下联也连声称道："对得工整，妙极了。"

二人土上坐，

一月日边明。

这副合字联是金国第六代皇帝金章宗与其妃子对答而成的。一个夏天晚上，金章宗与李宸妃去离宫的琼华岛（今天北海公园里的琼岛）乘凉，二人坐在露天的台子上，金章宗想着此刻的情景，就笑眯眯地向李妃说出了上边的那句上联，说两个"人"字，一左一右地放在"土"字上就成了"坐"字。李妃听了，抬头看看天上的月亮，心里有词儿了，马上就对出了上边的那句下联，说一个"月"字放在"日"字旁边，就成了"明"字。李妃的下联不只是简单的合字，还真有科学道理，月亮确实是靠反射太阳光来发光的呢。

再看拆字联。

且说明朝有个知府叫冯驯，一天在家中请客，有个客人带着他十来岁的孩子一块儿来赴宴。有人说这孩子挺会对对子，一个客人就想来试试小家伙，他指着知府对小孩说：

冯二马，驯三马，冯驯五马

“冯”是由两点水和马字组成的，拆开就是“二马”；“驯”是由“马”和“川”组成的，“川”是三竖，所以“驯”拆开就是“三马”；“冯驯”合起来，不就是“五马”了吗？古时候，“五马”又是知府的别称，“冯驯五马”就相当于称呼：冯驯知府。这个上联，虽说是拿人名做游戏，却也不失礼貌。欲对下联，何其不易！出人预料的是，不一会儿工夫，这孩子就对出了下联：

伊有人，尹无人，伊尹一人

“伊”字有个单人旁，叫“伊有人”；“尹”与“伊”比起来，少了个人旁，就叫“尹无人”；“伊尹”两字合到一起，仅有一个人旁，就是“伊尹一人”。“伊尹”还真是一个人名呢，在此，有必要作个介绍。他本姓姒，因其母是个养蚕女奴，居于伊水之滨，故又以“伊”为其姓，名挚，“尹”是商汤王封他的官名（相当于宰相），后以“伊尹”之名传世。河南洛阳西南边的嵩州是伊尹的诞生地。他是夏末商初的政治家、思想家，商朝开国元勋，辅佐商汤打败了夏桀，为商朝的建立立下了不朽功勋。他还是唯一见之于甲骨文记载的教师，是中国第一个帝王之师，他教商汤效法尧舜以德治天下，以及为救民而讨伐夏桀的方略。此下联也是将人的名字进行拆分与上联巧妙相对的，在座客人纷纷夸赞不已。

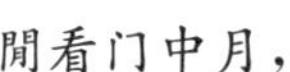

閒看门中月，

思耕心上田。

上联中的“閒”字，是闲字简化前的写法，即门字里头加个月字，“閒”字拆开，就是“门”和“月”。“思”字拆开，就是一个“田”字，一个“心”字。这副对联是清朝时候一个学童史致俨对出的。他九岁那年去县里参加考试，考官叫他对对子，就出了“閒看……”上联。史致俨稍一琢磨，就对出了“思耕……”这个下联。后来，史致俨官至刑部尚书，活了八十多岁。

下面介绍析字联。析字联是不将联中的字分开，也不将联中的字合拢，只对相关字的笔画或偏旁部首进行分析，赋予它以新意。本章开头说过，这仍叫拆字联。

琵琶琴瑟八大王，王王在上；

魑魅魍魉四小鬼，鬼鬼犯边。

1900 年八国联军侵占北京后，清政府与之议和。会前，一个自以为“中国通”的洋人，傲慢地敲着桌子对清朝官员说道：“你们中国有一种特殊的文学形式，叫作对联，要求语句对称，严密工整。现在我就出个上联，你们可否对出下联?”这个洋人出的就是“琵琶琴瑟……”，他利用我国汉字部首的特点，暗称八国联军是凌驾在中国人头上的“八大王”。联军代表们听明白意思后，前仰后合地狂笑起来。面对帝国主义的嚣张气焰，清政府代表团中一名工作人员站起身来，从容地对出“魑魅魍魉……”，暗指八国联军一个个都是侵犯我国边疆的魔鬼。下联一出，联军代表个个都瞠目结舌。清朝这位议和会的工作人员，虽然位卑官小，但胸怀民族大义，胆识过人，永远值得尊敬。

现今，网上流传这样一副对联：

若不撇开终是苦，

各能捺住始成名。（横批：撇捺人生）

此联暂不知出处，但估计是现代人所撰。上联将“若”字笔画进行分析，说中间那一撇如不撇出去而竖着写下来，就成为“苦”字。下联将“各”字进行分析，说那一捺要是把控住不捺出去，就成为“名”字了。此副联文蕴含着丰富的人生哲理，似在告诫人们，要抛开虚名、贪欲、得失和不切实际的幻想，才不至陷入痛苦的旋涡；还要耐得住性子，“捺”住方寸，有颗坚守的心，才是人生大智，也才能稳步地走向成功。

11. 嵌字联

嵌字，是对联常用的手法之一，即将所预设的人名、地名、岁次或其他名目，按对联的规律，巧妙而自然地镶嵌入联语中，使对联增加“言外之意”，或说言在表而意在里，造成一种委婉含蓄的艺术的韵味。嵌字联中，所嵌入之字具有一种“隐秘性”，分明与其他字一道摆在那儿，但看的人不经意间，或不经人点拨，往往看不出来。来看例句：

大江东去，

佛法西来。

这是千年古刹乐山凌云寺的山门联，因乐山大佛在凌云寺中，人们习惯称凌云寺为大佛寺。这副寺门联文字精短，气势磅礴，见者无不称道。仔细阅读，便看出上下联句首嵌入了“大佛”二字，始知此联乃嵌字联。嵌字联有多种格式，在此，将各种嵌字格的名称一一介绍：以七言联为例，嵌在上、下联第一字的叫“鹤顶格”，嵌在第二字的叫“燕颈格”，嵌在第三字的叫“鸢肩格”，嵌在第四字的叫“蜂腰格”，嵌在第五字的叫“鹤尾格”，嵌在第六字的叫“燕翎格”，嵌在第七字的叫“凤尾格”，嵌在上联第一字，下联第七字的叫“魁斗格”，嵌在上联第七字，下联第一字的叫“蝉联格”。七字以上的对联，在联语中嵌字则比较自由。

冠华夏香飘四海，

生渝州名盖三江。

此联上下句首嵌“冠”“生”二字，属“鹤顶格”，是我采集于重庆“冠生园”糖果食品店乐山湖泊所分店大门的春联，也似在做广告，说其糖果食品原产自重庆，但因味美质优而名扬嘉州，香飘天下。

翔翱楹海学圣士，

博交联朋会贤才。

这副对联是20世纪90年代初，湖北省孝感市“翔博楹联学会”成立之际撰写并印在“知音纪念卡”上，分送给各地联友的。它将学会名称全部嵌入联中，可谓匠心独运。上下联首字嵌“翔博”，第三字嵌“楹联”，第五字嵌“学会”，分别包含了“鹤顶格”“鸢肩格”和“鹤尾格”。这样一连将三个可以连贯的双音词分别嵌入一联之中，难度是很大的，也难免在音韵平仄、词语对仗上受到一些质疑。今根据中国楹联学会2008年10月1日公布施行的《联律通则（修订稿）》第三章第十二条来看：“巧对、趣对、借对、摘句对、集句对等，允许不受典型对式的严格限制。”嵌字联无疑属巧对、趣对范畴，因此“翔博”会联也就无须遵守典型对式的严格限制了。

民犹此也，国犹此也，何分南北；

总而言之，统而言之，不是东西。

这副对联上下句均在七字以上，嵌入字数多达八个，嵌入规则也较为灵活，为了便于看出，在所嵌字下带上着重号。此联产生于辛亥革命失败、北洋军阀混战时期。在袁世凯死后，北京政府的大总统一个接一个地登台：黎元洪、冯国璋、徐世昌、曹锟，还有没当上大总统，却握有实权的段祺瑞、张作霖、吴佩孚等，跟走马灯似的轮换掌权。他们争权夺势，连年混战，遭殃倒霉的可都是老百姓。从愤怒的群众中，便产生了这副嵌字联来痛骂那些祸国殃民的“大总统”们：不分南方还是北方，老百姓都是这样痛苦，国家还是这样混乱，你们这些民国总统，都不是好东西！

12. 集句联

集句联是与自撰联相对的、以一种特殊手法创作的对联。“集”作“聚集、集合”解，就是从古今诗词、赋文、碑帖、典籍，甚至成语、俗语中，分别选取两个有关联的句子，依对联的平仄、对仗要求组成联句，既保留了原文词句，又另出新意，给人以“青出于蓝而胜于蓝”的艺术美感。同时，集句联还可使人联想到所集句子的原作，给人提供了一个交流心灵、陶冶情操的广阔空间。

集句联可以集同一作者的诗文，也可以集不同作者的诗文；可以集同代作者的诗文，也可以集异代作者的诗文。不论集句的范围如何，既要以集成对子的工巧为重，又不可让集句的规定束缚了手脚而影响联句的品位。由此看来，写作集句联是一种创新性的脑力劳动，绝非照搬、照抄、拿来就用那么简单，作者没有深厚的文学底蕴是不能驾驭的。有人甚至认为，要作好一副集句联比起自撰联来还要难得多。来看例句：

惟楚有材，

于斯为盛。

这是湖南岳麓书院的大门联，我在讲“平仄对立”时，曾评说此联末字是“平起仄收”，突破了联律规则，还说“材”“盛”是名词对形容词，欠工。但为了认可它特殊的历史地位和权威性，我曾引用了典籍和名人的论述，来对它加以肯定。现在又重提此联，是因为对它有了进一步的认识。首先，这是一副集句联，上联是清代嘉庆年间任岳麓书院院长的袁名曜从《左传·襄公二十六年》“惟楚有材，晋实用之”中选取的，下联是当时书院的一位学子张中阶从《论语·泰白》“孔子曰：‘才难，不其然乎，唐虞之际，于斯为盛。’”中选出相对的。此联一出，备受赞赏，书院当即书写刻匾，张挂于大门。抗日战争中不幸被日机炸毁，现联是1984年根据历史照片复制的。其次，根据中国楹联学会《联律通则（修订稿）》第三章第十二条规定：“……摘句对、集句对等允许不受典型对式的严格限制。”此项权威论定一出，就把我对岳麓书院大门联的疑团都冲击得烟消云散了，规定也将统一人们对其他相类对联的认识。

春秋多佳日，

山水有清音。

此联是乐山大佛景区栖鸾峰上与东坡楼相对的清音亭

的对联，横额“清音亭”三字系苏东坡亲笔书写。上联集自陶渊明《移居二首》诗句：“春秋多佳日，登高赋新诗。”下联集自左思《招隐诗》中的句子：“何必丝与竹，山水有清音。”此集句对仗工稳，将春秋的山光水韵摹写得清新怡人，那种不愿在朝为官，乐于归隐田林著书立说的处士情怀，也悠然可见。

不到长城非好汉，

难酬蹈海亦英雄。

此集句联上联集于毛泽东词《清平乐·六盘山》：“不到长城非好汉，屈指行程二万。”下联集自周恩来七言绝句《大江歌罢掉头东》：“面壁十年图破壁，难酬蹈海亦英雄。”上联是1935年毛泽东在长征途中翻越六盘山时的咏怀之作，字面说的是不登上长城的关隘就算不得英雄好汉，比喻不达革命的目的，就绝不罢休的英雄气概。下联是1917年周恩来赴日留学前夕写的述怀诗。1919年，国内爆发五四运动，周恩来为了投身到祖国反帝反封建的洪流中去，于9月毅然弃学回国。行前，在日同学为他饯行，请其书赠留念，周便挥毫书赠了这首诗。句中“难酬”是“难以实现、目的达不到”的意思；“蹈海”是“投身大海”之意。全句意思是：“假如（我救国的志向）难以实现，（即使像某些先驱那样）用投海而死来唤醒国人，也是个英雄。”全联共同抒发了革命者挽救、报效中华民族的豪情壮志，不惜牺牲、英勇奋斗的崇高精神，可谓珠联璧合，相得益彰。

望崦嵫而勿迫，

恐鹈鴂之先鸣。

此联系鲁迅先生集屈原《离骚》中的句子而成。上联的“崦嵫”（yān zī）指崦嵫山，是神话传说中日落的地方，此句意思是“希望太阳不要匆匆迫近崦嵫山”。下联的“鹈鴂”（tí jué），鸟名，也叫“伯劳”，此鸟鸣叫时，百花皆谢，天气就将转冷，此句意思是“生怕鹈鴂过早地啼叫”。上、下联都表达挽留时间的迫切心情，道出了对时间的珍惜，激励人们不要荒废了大好的青春时光。上下联的意思很相近，彼此相辅相成。

在此，对乐山大佛寺门联作一补充，在11项开头，曾介绍说它是一副嵌字联，这里要补充介绍它又是一副集句联。上联集苏轼词《念奴娇·赤壁怀古》：“大江东去，浪淘尽，千古风流人物。”下联集苏辙《次韵子瞻送杨杰主客奉诏同高丽僧游钱塘》诗句：“佛法西来到此间，遍满曾如屈伸手。”谁曾想到，此集句联竟出自唐宋八大家中的两位，且又是两兄弟之手？是人为巧合还是天造地设？联句的品位、寺庙的知名度，都将因两位大家的精神遗产而更加光彩夺目！

13. 同音联

一副对联的上联中出现了同音字，那么下联也要在相对应的位置，以另外的同音字相对。以同音字对对子时，作者要有丰富的词汇量，方能得心应手，临场不乱；若词汇贫乏，就会捉襟见肘，被对手难住。因此，别仅仅把作同音联看作一种单纯的文字游戏，它对人的学识、敏锐程度，都是一种很直接的检验。古人作的同音字联，难免出现今人看来并不完全同音的情况，因为语音是有一定变化的，方言与官话的语音也颇有差异。当今，语言文字已经规范统一半个多世纪了，我们评价，尤其是写作同音联时，就应严格要求，所用同音字一定要声母、韵母都相同，方为工巧合格。来看例句：

童子打桐子，桐子落，童子乐；

丫头啃鸭头，鸭头咸，丫头嫌。

这副同音联的上联是一句古传的单对，据说多年来无人能对出下联。1981 年 9 月，《中国青年报》刊登了这个上联，向广大读者征下联。一个多月后，就征集到了 700 多条下联，例句中这条下联，就是从应征联中选出刊登在报上的几条佳联之一。上联中“童子”与“桐子”同音（“桐子”是油桐树结的果实，专门用来榨取桐油的），“落”与“乐”以普通话读音，只能算谐音，但在一些地方（比如川南一带）方言中，两者就是同音。下联中“丫头”与“鸭头”同音，“咸”与“嫌”同音。上下联词语对仗是比较工整的。

游西湖，提锡壶，锡壶落西湖，惜乎！锡壶！

上物理，如雾里，雾里看物理，勿理，雾里。

据说，这条上联苏东坡都没对出来，流传至今，却被一个不勤奋的学生无意中对出来了。那日，一学生上物理课睡觉，老师发现了叫醒他说，我出句上联，你来对对：“游西湖，提锡壶……”此时学生一梦初醒，正值迷迷糊糊之际，听到老师“西湖、锡壶”地说上句，自己就来个“物理、雾里”地对出了下句来。故事听来有些离奇，但或许也有凑巧的因素。上联中“西湖”“锡壶”“惜乎”同音，下联中“物理”“雾里”“勿理”也同音，对仗工巧，不露瑕疵。

李打鲤，鲤沉底，李沉鲤浮，

风吹蜂，蜂息地，风息蜂飞。①

在讲“疑问联”时，曾经谈到清代戏曲理论家、文学家李调元离川上任广东学政，途经湖南时，湖南巡抚在洞

①引用此副同音联时，发现下联是“风吹蜂，蜂扑地，风息蜂飞”。其中“扑”字对上联的“沉”字，与后面的“息”字对上联的“沉”字，对仗不工，便斗胆将“扑”字改作了“息”字，改后也讲得通。我认为李调元不会犯这样的错误，恐系多年流传，后人抄错，也未可知。

庭湖畔为他设宴接风，席上一位候补道想卖弄才学，出联考他之事。候补道一连出了两比上联，其中不乏刁钻古怪，但都被李调元轻松对出了。这里，接着讲那次对联的故事。候补道两次出联未难倒学政仍不甘休，便离席走到近处，随手摘下湖畔李树上的一个李子，扔进湖中，出了上面“李打鲤，鲤沉底，李沉鲤浮”的同音上联，并动情地对李调元说：“学政大人，此句叙眼前之景，抒胸中之情，下联若能如此，当甘拜下风，像这洞庭湖的蜜蜂一样，重采诗情，再酿文采，永不歇息，再不自满！”此时，正值仲夏，瓜花献蜜，蜜蜂纷飞，李调元见此情景，绘声绘形地对出“风吹蜂，蜂息地，风息蜂飞”的下联。此联一出，语惊四座，候补道自愧不如，方知天外有天。日后，竟无心仕途，回乡务农养蜂，研习诗文。

烟沿艳檐烟燕眼，

雨于玉宇雨妪伛。

这副对联的上联，是《乐山报》上推荐的“绝对”。所谓“绝对”是指历经若干年后仍无人能对出的单联。不过，江山代有才人出，有的“绝对”可能就被后人对出来了，故将“绝对”称为“难对”更科学些，以避免绝对化。《乐山报》推荐的上联是个同音联，而且全部字都读一个 yan 音，这就是它成为“绝对”的难点之所在。不料上联一出，乐山一位作者胡中军先生就于 1988 年 5 月 28 日在报上发表了《试对绝对》一文，以“蛀逐朱柱蛀蛛足”与之相对，大意是说“蛀虫沿着红漆亭柱追赶咬噬蜘蛛的足”，此举引起了读者的广泛关注。当时的我，也正热衷于学习、钻研对联，对胡先生的对句很感兴趣。我用普通话阅读后，发现前六字声母韵母都相同，均读作 zhu，但最后一字“足”读 zú，声母与前面六字不同，这就有失工整了。此后，我想起了在峨眉山上见到的一幕：那天，山雨骤降，朝山的一位老太婆急忙跑进殿宇躲雨，可雨水仍然淋湿了她那驼背。我便据此见闻写出“雨于玉宇雨妪伛”的下联，每字均读 yu，又撰写了《再对绝对》一文，一并送往《乐山报》，6 月 25 日便见报了。需要说明的是同音联只是声母和韵母相同但声调不同，这样词性、意思也就不同了。又如，上联第一、第五字同为“烟”字，但前一个“烟”是名词，后一个“烟”是动词。同理，下联与之相对应的两个“雨”字，也前一个是名词，后一个是动词。将两联的意思串通一下，便是：烟子沿着艳丽的屋檐飘过去把筑巢在房檐下的燕子的眼睛熏着了；雨下起来，把跑进殿宇中躲雨那老太的驼背也淋湿了。

14. 同旁联

同旁联指上联中的字用了某些偏旁，下联中相对字的偏旁也要与之相同；或上联各字用了某一偏旁，下联各字就要使用另一个相同的偏旁。同旁联与同音联一样，也十分考验一个人的文学功力。来看例联：

烟锁池塘柳，

炮镇海城楼。

这副对联的上联据说出自唐代，也曾被称作千古绝对，因为五个字的偏旁刚好包含了五行——金、木、水、火、土，多少年来，无数贤人才子试对，均无佳句。到了明代，广东南海学者陈子升对了几联，均不够理想，后又对出“桃燃锦江堤”，方受到认可。其中“燃”字比喻桃花盛开，鲜艳热烈若燃烧状。此句与上联意境相合，偏旁对出了五行，不足的是上下联的五行偏旁不相对。今又有人以“灯镶港埠桥”相对，此句描写的是一座连接港、埠的现代大桥的夜景，五颜六色的彩灯，将大桥装点得光艳夺目。下联各字的偏旁与上联各字的偏旁一一对应，也属工巧。另外“炮镇海城楼”这一下联，则受到古今多数人的认可，据说是纪晓岚对的，五个字的偏旁上下一一对应。但也有人认为“炮镇海城楼”的意境与上联不够协调：上联描写的是幽静池塘，绿柳环绕，雾霭笼罩，和谐安宁，充满诗情画意；下联写的是重炮威震下的海边城池，意境粗犷。我则认为意境看似不协调，意思却很妙，上联那种充满诗情画意的和平环境，不也需要雄厚的武装力量来保卫吗？我在山海关就看到这种文武纷呈的景象：从城外一侧上城墙、城楼，要先进入罗城检票口，接着经过一个湖泊，环湖树木葱茏，柳荫夹岸，水鸭游弋；上到城楼，就见城墙上大炮耸立，威震四方的气概。虽然这大炮今天已是一种象征，但象征也要文武兼备，仿佛在昭告世人，我们爱好和平，但不惧怕战争！

涓滴汇洪流，浩渺波涛，汹涌澎湃泻江海；

森林集株树，楼桁檐柱，樟楠柏梓构梁椽。

这副对联也是同旁联，但它整个上联为同一偏旁三点水，整个下联为同一偏旁木字旁。虽写作起来难度较大，可意思好懂，下联中的“桁、檐、柱、梁、椽”均是木结构房屋的构件名称，“樟、楠、柏、梓”是各种优质木材的名称。

下面介绍一副今人写的同旁联：

水泽源流江河湖海，

金银铜铁镍铬铅锌。

这副对联是2006年央视春晚春联征集活动所征集到的一副以省际属对的佳联。上联以青海省出句，青海省是我国的三江之源，青海湖是我国最大的内陆湖，最大的咸水湖。下联以甘肃省对句，甘肃省金属矿藏资源非常丰富，一直有“有色金属资源之乡”的美称。上下联分别抓住了各自省份的最大特征，并以能表现这些特征的字词来属同旁对，即上联以“水”字领头，后面七字均为三点水偏旁；下联以“金”字领头，后面七字均为金字偏旁，实属巧妙、睿智，有创意。

我还收存着一比全是宝盖头的上联，据说是借旧时代一个女子的口吻所作，出句是：“寄宿客家，寂寞寒窗空守寡”，倾诉了旧社会一个孀居女子的孤独与苦辛。读者有兴趣属对，就请给它对个下联吧。

15. 互文联

互文是古汉语中一种修辞手法，又称“互文见义”。它是指在意思上相对或相关的前后两个文句里，或在一个句子中，出现词语互相呼应，意义上互相渗透，互相补充，使文句更加整齐和谐、更加精炼的一种修辞手法。前后文句形成互文的，如：“开我东阁门，坐我西阁床。”诗句中“东阁”与“西阁”，“门”与“床”几个词语就是互相呼应、交错，意思互相渗透、补充的。理解、翻译时就是“打开我东阁和西阁的门，坐坐我东阁和西阁的床”，一句之中形成互文见义的情况，如“烟笼寒水月笼沙”，句中相关的词语有“烟”与“月”，“寒水”与“沙”，翻译时就应译作“傍晚的薄雾和明亮的月光，笼罩着寒冷的江水和江边的沙滩”。一个词组中也有互文见义的情况，如“秦砖汉瓦”，就是“秦朝、汉朝时候的砖与瓦”，不能说成“秦朝时候的砖，汉朝时候的瓦”。来看例联：

将军百战死，

壮士十年归。

这是《木兰辞》中的对偶句。意思是：将军和士兵们都身经百战，有的战死沙场，有的却历经十年苦战，有幸生还。互文的特征就是互省，上联省略了“壮士”，下联省略了“将军”；上联省略了“归”，下联省略了“死”。“将军”与“壮士”分置上下句中相互补充；“归”与“死”分置上下联中互相补充。

古寺却回秦沫水，

慈云常护汉青衣。

这是乐山乌尤寺的一副大门联，它也是一副互文联。乌尤寺与乐山大佛寺都在岷江东岸，但它在大佛寺的下游，隔着麻浩河与大佛寺相望。乌尤寺所在的乌尤山就被主河道（岷江、青衣江、大渡河三江合流而成，大渡河当地称沫水）和支流麻浩河环绕成了江中岛屿，称“青衣别岛”。上联的“却回”只有“回”有实在意义，是曲折环绕的意思。“却”是一个副词，表达一种语气，作“回”的修饰语，与下联的“常”这个副词形成对仗，但“常”有“经常、时常”的意思。联中有“互文见义”关系的词语是“秦”与“汉”，“沫水”与“青衣”。全联的意思就是：“古寺下面曲折环绕地流淌着秦、汉以来的沫水，祥云时常呵护似的笼罩在秦、汉以来的青衣别岛上空。”

16. 数字、方位联

数字联即在对联中嵌入数字，使数量词在对联中有特殊意义，或创造形象和意境，或进行数学运算，或加大对仗的趣味和难度等；方位联就是在对联中嵌入“东南西北”“上下左右”“内外边旁”“远近高低”等方位词的对联。先看数字联：

双镜悬台，一女梳妆三对面；

孤灯挂壁，两人作揖四低头。

上联中嵌入“双”“一”“三”，下联中嵌入“孤”“两”“四”，除“双”和“孤”是准数词外，其余是数词。数字联的上下联，不能以同一数字相对，但连续的数字可以与意思相连的词组、天干地支、方位词等相对。例如：

一二三四五六七，

孝悌忠信礼义廉。

上联中隐“八”字，意为“忘八（王八）”，下联中隐“耻”字，意即“无耻”。这副对联是怎样产生的？原来是云南军阀关麟徵、李宗黄在1946年杀害了昆明四名进步的学生领袖，激起全国愤怒，昆明知识界便借用传说中讽刺奸臣坏蛋的对联来“送”给二位军阀。“孝悌忠信，礼义廉耻”是中华传统的道德规范，文字是有序连接的，与有序连接的数字是可以相对的。下面讲一则精彩的数字对联故事：

三光日月星，

四诗风雅颂。

此联产生于北宋神宗年间。一次，北边辽国派来一个使臣，神宗知其有点学问，就派大学士苏东坡去接待他。辽使久闻苏东坡鼎鼎大名，也想趁此机会试探他。辽使客气了几句，就对苏东坡说："我有一联儿，想请先生对个下句。我的上联是——三光日月星。"这个上联看似简单，却是辽国无人能对的"难对"。它的第一字是数词三，"三光"指"日月星"三种天体，"三"与"日月星"是直接对应的。对下联时，第一字又只能用"三"以外的数词，如比"三"大，后面的事物就多于三个，字位就不够；若比"三"小，后面的事物就小于三个，字位就要空出来。旁边的宋朝官员听了很为苏东坡着急，可别对不上来呀！苏东坡听了，沉思片刻，微笑着说："四诗风雅颂。"句中的"诗"指《诗经》，它一共305篇，由《风》《雅》《颂》组成，《雅》又分为《大雅》和《小雅》，合起来就是四部分，故称"四诗风雅颂"。在座宋朝官员听了都笑着频频点头。辽使立马从座位上站起来，向苏东坡行了个抱拳礼，连声说："佩服，实在佩服！"

一会儿，屋外风雨骤起，电闪雷鸣，苏东坡看了一眼窗外，机敏地对辽使说："还可以给你的上联对个'一阵风雷雨'。"辽使听了，惊奇得不得了：我们辽国长期无人能对的难联儿，苏学士一会儿工夫一连对出两句，果然名不虚传！

再来看方位联：

南通州，北通州，南北通州通南北；

东当铺，西当铺，东西当铺当东西。

据说乾隆皇帝游江南时，路过一个叫通州的小镇，让他联想起了河北的通州，便随口吟了句上联“南通州，北通州，南北通州通南北”，要随从们对下句。随从们连忙查资料，翻县志，对出的下联乾隆都不满意。一天，一个随从上街办事，见通州这地方虽然不大，当铺却不少，进进出出的人也多，便对出“东当铺，西当铺，东西当铺当东西”。乾隆皇帝听他禀报后，连连拍手叫好，高兴得给他又是奖励，又是升官。这副对联的产生，也使人深有感慨，觉得楹联这一独特的文学体裁，蕴含着可以无限开发的艺术表现形式，中国人对对子的智慧和潜能也可以发挥到极致。许多精彩、巧妙的对联，往往使人无比惊叹、佩服不已！

北雁南飞，双翅东西分上下；

前车后辙，两轮左右走高低。

上联嵌“东南西北上下”六个方位，下联嵌“前后左右高低”六个方位，考虑周密，创意新颖。不足的是“北雁南飞”是个主谓词组，“前车后辙”是个联合词组；“飞”是动词，“辙”是名词，对仗欠工。我们还是用“巧对、趣对……允许不受典型对式的严格限制”来看待它吧。

17. 难联（绝对）

难联，就是出句后长期无人能对出的一比单联。由于长期无人能对，又被称为“绝对”。前面我说过，有的“绝对”被后人对出来了，故称“绝对”失之偏颇。来看例句：

望江楼，望江流，望江楼上望江流，江流千古，江楼千古。

这句上联是成都望江公园内崇丽阁（俗称“望江楼”）上悬挂的一比上联，一百多年来无人能对，它便成了“绝对”，长久地、孤独地悬挂在楼上。此上联据说是清代一位江南才子写的。那天，才子游园来此，乘兴登楼，见沿江景色美不胜收，一时兴起，一口气吟出了这21字的上联，不料怎么冥思苦想也对不出下联来，只得抱憾地将上联书写于楼上悄声离去，给望江楼留下了一个世纪“绝对”。但也有人并未放弃给它对下联，20世纪30年代，四川什邡人李吉玉就对以：

印月井，印月影，印月井中印月影，月影万年，月井万年。

这个下联应该说对得非常工整。上联前面三个节奏点的字是“楼（平）、流（平）、流（平）”，下联相对应节奏点上的字是“井（仄）、影（仄）、影（仄）”；上联后两个节奏点上的字是“古（仄）、古（仄）”，下联后两个节奏点上字是“年（平）、年（平）”。还应注意到上联中“楼”“流”是同韵字，下联中“井”“影”也是同韵字。词组结构上，“望江楼”与“印月井”都是支配式动词修饰名词的偏正词组，“望江流”与“印月影”都是动宾词组。这个下联为什么未被采纳呢？据说有人认为“印月井”是个不起眼的小名称，不能与大名鼎鼎的“望江楼”匹配，加之后来“印月井”逐渐被废弃而泯灭了！

下面要重点介绍的是2019年，成都望江公园举办“纪念望江楼建成130周年征联活动”所涌现的应征佳联：

弘福寺，弘福赐，弘福寺中弘福赐，福赐万灵，福寺万灵。

弘福寺位于贵阳市黔灵山群峰中，建于清康熙十一年（1672年），为贵州首刹。

相国寺，相国士，相国寺中相国士，国士一流，国寺一流。

相国寺位于开封市，是中国著名的佛教寺院，始建于北齐天宝六年（555年）。

飞云洞，飞云动，飞云洞外飞云动，云动万年，云洞万年。

飞云洞较多，有贵州飞云洞、夹龙山飞云洞、稷山飞云洞、黄石飞云洞、石公山飞云洞等，多为著名景点。

招隐寺，招隐士，招隐寺中招隐士，隐士百年，隐寺百年。

招隐寺也有几个，有镇江南山招隐寺、韶关招隐寺、鄂州峒山招隐寺等，除韶关招隐寺名气小一些外，均属名刹。

崇圣寺，崇圣治，崇圣寺中崇圣治，圣治九州，圣寺九州。

崇圣寺位于云南大理城西北约1.5公里处，西对苍山，东对洱海，寺内的三塔最为有名，故俗称崇圣寺为三塔寺。

伏虎寺，伏虎视，伏虎寺中伏虎视，虎视九尊，虎寺九尊。

伏虎寺又名伏虎禅院、神龙堂、虎溪精舍，位于四川峨眉山麓，与报国寺相邻。

浣花溪，浣花裾，浣花溪里浣花裾，花裾百色，花溪百色。

浣花溪公园是成都唯一的5A级公园，因诗人杜甫而闻名，他的《绝句》“两个黄鹂鸣翠柳……”，《茅屋为秋风所破歌》都写成于此。

明月寺，明月至，明月寺中明月至，月至九州，月寺九州。

明月寺也较多，有苏州吴中木渎明月寺、保定满城明月寺、巩义明月寺、四川大邑雾中山明月寺等，皆风景名胜区，古刹所在。

因此次征联最后结果还未公布，上面列举的仅是网上公布的一些对得较佳者，仅供大家欣赏、参考。据征联主办方称，应征下联开头必须是全国知名景点或地名，不能是创造出来的“景点”。获奖作品不会被制作成联匾悬挂于望江楼“绝对”的对侧。据说，这是为了保持原貌，并使之具有“残缺美”。

下面就来介绍一些至今未能对出的“绝对”联：

一年二春双八月，人间两度春秋。

此句是王安石出来让苏东坡对的，这是20世纪50年代后期，我从一本小书上见到的，书名叫《王安石难倒苏学士》。书上说，按农历，有一年出现了两次“立春”又闰八月这种特殊的天文和历法现象，王安石就据此出了“一年二春双八月，人间两度春秋”的出句。苏东坡再怎么冥思苦想，也想不出类似的特殊情况来与之相对，致使王荆公的出句至今孤置。

岳池好，好岳池，岳池米粉越吃越好吃；

这是四川省岳池县向社会征联的出句。岳池米粉是岳池县的传统特色小吃之一。2004 年的一天，岳池县一名喜好舞文弄墨的县委领导在早餐吃米粉时，灵感突然而至，随口便念出“岳池好，好岳池，岳池米粉越吃越好吃”。这位领导起初还不觉得怎样，随后一想，觉得此句实在是妙极了，句中“岳池”与“越吃”谐音，前两句末尾的字“好”“池”合起来，又与第三句末的两字“好吃”谐音。

如若把全句作个谐音上联，向社会广泛征集下联，岂不是一件很有趣味、很有意义的事吗？于是县上一致决定开展征联活动，并发出“英雄帖”，称谁能对出下联，请他终生免费吃岳池米粉。随后，此上联被刻成条形木匾张挂在“米粉一条街”牌坊的右边，牌坊左边则挂出等长的条形无字木匾，上面写上几个问号，意为征求下联，给此后评选出的下联留下的位置。至今，应征联已达 5000 余比，仍未征集到合乎要求的对句，此上联也便成了“绝对”。

白塔街、黄铁匠、开红炉、烧黑炭、冒青烟、锤紫铁，坐南向北打东西。

这是乐山民间流传的一比“绝对”联，其中包含“红、黄、黑、白、青、紫”等颜色和“东、南、西、北”等方位，至今无人对出。

大凉山山小，小凉山山大，无论大山小山，都是祖国锦绣河山。

这是1962年《凉山日报》刊出的上联，要求以凉山的山川形胜，历史人文相对，但至今未收到合格的应征下联。

走小沟，渡长河，拾得大小谷堆，换钱千万贯；

这是《马湖艺苑》第11期征联刊出的上联，它是一副嵌名联，其中“小沟”“长河”“大谷堆”“小谷堆”“千万贯”等，都是雷波县的乡村地名，至今也无人对出下联。

这类“绝对”联，我称的是“难对”联，从古到今，从南到北一定还很多，就不烦琐列举了。

18. 长联

长联，是针对一般贴在楹柱上、大门上，只有几个、十几个，至多二三十个字的短联而言的，一般多到上百字的就称长联。最早出现的长联就是孙髯翁写的昆明大观楼长联，全联长达180字，时人称其为“天下第一长联”。自从孙髯翁开了撰写长联的先河以后，陆续便有长联出现，而且字数越来越多，例如：

峨眉山红椿坪长联 200 字，作者冯庆樾。

贵阳甲秀楼长联 206 字，作者刘玉山。

成都望江楼长联 212 字，作者钟云舫。

湖南桃花源桃川宫长联 220 字，作者陈章恢。

长沙天心阁长联 348 字，作者李爱歧。后又有现代人李云青于 1984 年作有 456 字的长联，冯建平于 2007 年作有 736 字的长联。

武昌黄鹤楼长联 350 字，作者潘秉烈。

四川青城山庙门联 392 字，作者李善济。

屈原湘妃祠长联 408 字，作者张之洞。

江津市临江城楼联 1612 字，作者钟云舫。以长度而论，这才是迄今为止、真真正正的“天下第一长联”!

关于长联的产生，笔者以为：由于一般的对联较短小，难于展现作者的修为和远见卓识，抒发不了作者的史观和大气雄才，故不得不尽情延长对联的字句，以此畅抒胸臆，袒陈壮怀。有人说长联似散文，但散文不讲对仗、平仄，不求词句工稳；长联如诗如赋，但长联不必像诗那样押韵，诗也不必像长联那样句句讲对仗；赋虽讲求对仗，但在当句，长联的对仗则在上下联。彼此均有殊异。前人撰写长联似乎形成了一种程式：上联写景，展开一幅幅山水画卷；下联论史，评说千古风流人物。昆明大观楼长联就是这样的典范。下面列举两个长联，供欣赏。

峨眉山报国寺长联　（刘君照　作）

海拔越三千，高凌五岳，碧峰苍峦，篼罗艳艳映重霄。看萝峰晴云，灵岩叠翠，象池夜月，白水秋风，袅袅晚钟消俗虑，蒙蒙晓雨润洪椿。胜迹任遨游，快赏大坪霁雪，乐听双桥清音，休忘却仙峰探九老，金顶览祥光，尽将峨眉十景收眼底；

峥嵘逾万纪，秀绝瀛寰，霞帔彩错，瑞霭飘飘萦岭际。溯楚狂歌凤，蒲髯追鹿，真人炼丹，涪翁习静，皇皇功德郁楠林，赫赫神弓诛蟒孽。道场斯仰慕，欣诵子昂感诗，细研蒋史山志，须长咏太白半轮秋，石湖广行纪，会当天下名山注心间。

长联翻译、解读：

峨眉山海拔超过三千米，高出五岳之上，碧绿的山峰，苍翠的山崖巍然耸立，连绵的云海艳映重霄。看萝峰岭上云雾缭绕，灵岩四周翠峦重叠，洗象池夜月朗朗，万年寺秋风爽爽；圣积寺夜晚的钟声雄浑悠扬，令凡俗杂虑烟消云散；洪椿坪清晨的雨雾一片迷蒙，使古刹老林更为幽润。这名山之中有多少胜景可供你遨游，快去欣赏大坪岭银色的雪景吧，快去聆听双飞桥下悦耳的流水声吧，别忘了到仙峰寺旁探访九老仙府，再登山峰之巅金顶，瞻仰奇妙吉祥的佛光，把著名的峨眉十景全看遍。

高峻挺拔的峨眉山已经有千万年的历史了，它那雄秀的景色天下无双，到处云蒸霞蔚，瑞霭飘飘。追念往昔，春秋时代楚国狂人陆通在此隐居，留下了遗址歌凤台；相传东汉药农蒲公，曾经追寻仙鹿脚迹到了峰顶，竟然得见普贤显相；唐代药王孙思邈在牛心寺后炼过仙丹，宋朝诗人黄庭坚也曾在中峰寺里习静学佛；明代别传和尚率门徒在白龙洞一带广植楠木，郁郁成林，功德盛大；相传晋代明果大师的神剑诛除乾明观的恶蟒，挽救了许多道士。这里是令人仰慕的普贤道场，让我们放声朗诵唐代陈子昂的《感遇》诗吧，认真地研究清代太史蒋超的《峨眉山志》吧，还要长咏李白的著名诗句“峨眉山月半轮秋”，细读南宋范成大的《峨眉山行记》，一定要将这天下名山注融心间！

上联囊括了著名的峨眉十景：萝峰晴云、灵岩叠翠、象池夜月、白水秋风、圣积晚钟、洪椿晓雨、大坪霁雪、双桥清音、九老仙府和金顶祥光。下联追溯了峨眉山的悠久历史，将名人轶事、民间传说择要罗列。全联 180 字，精炼透辟，文采斐然，内容丰富，用典准确，气味淳雅，境界开阔，有如一篇体裁别致，文情并茂的导游简介。

（四川省社会科学院乐山分院副院长 魏亦雄）

长联作者简介：

刘君照（1908—1989），四川峨眉山市燕岗人，1934

年毕业于成都大学（四川大学前身），曾任中学语文教师、校长，师范学校教导主任，县教育视导员，从教40余年。先生工古文诗词，尤好对联，退休后积极参加地方文史资料的编写和整理工作。晚年著有《浅谈对联创作》一书。先生的《峨眉山报国寺长联》定稿于1982年，此前曾在多种报刊登载。先生的同乡、挚友蒋仲达（乐山一中教师）热衷于支持长联的创作和传扬，曾请乐山知名书法家张志成先生书写长联，装裱后亲赠峨眉山报国寺悬挂。之后，蒋又与书法家方笃生先生筹划将长联勒石，得到峨眉山佛教协会的大力支持。承蒙方笃生先生挥汗书写，何明方师傅精雕细刻，终使刘君照先生长联之碑于20世纪90年代中期屹立于峨眉山报国寺中！

戏对魏明伦悬赏联

上联（魏明伦出）：

古城三绝：八百年彩灯，两千年盐井，亿万年恐龙。灯会三奇：走马看灯戏，占鳌逛灯山，射虎猜灯谜。人生如谜，岁月如灯。台上公主猜谜，今夜无人入睡；园内夫妻观灯，明朝有约回门。老百姓一年四季开门忙于七件事，新千载三更半夜游园化为万颗星。星海一粟，文坛一卒。平生与老父分担忧患，春节同乡亲共赏烟花，举火初迎二十一世纪，挑灯重阅二十五史书。赞人性三情：真、善、美；咏岁寒三友：梅、竹、松；忆华夏三贤：尧、舜、禹；评风云三国：魏、蜀、吴。历代群雄逐鹿，今晚何人作赋？亮开谜面："八千女鬼，两轮日月，双人匕首！"笑问下联谁续？请四方文友猜吾谜底。

下联（倪文涛对）：

嘉州一郭：三千载诗文，五千载历史，六十载革命。文史六家：俯首研文字，放歌开文坛，执耳扛文旗。信仰是铁，人格似文。瀛东学子求医，此生没药治愚；坛上旗手号令，来日应者如云。旧十年三天两头斗人起因两团贼，本世纪一日千里翻番功归三代人。诗歌一碑，文史一帜。闲时伴沫若唱和诗文，梦中随郭氏同游峨眉，润目常系九百六国土，展卷再祭三百五甲申。叹人生三曲：家、春、秋；护我身三宝：精、气、神；品四川三味：麻、辣、鲜；跟领袖三辈：毛、邓、江。自古英杰出少，初生文豹怕鬼？揭出谜底："半个臼儿，一点文化，三水拜寿！"讥讽上联谁出？教八千女鬼回尔巴山。

（全联共计 434 字）

大约是 2005 年下半年的一天，我在乐山接到友人递给的一份《戏对魏明伦悬赏联》的打印传单，一看，觉得此事非同凡响：对长联很难，对大名鼎鼎的辞赋家出的长联尤其难，而应对者又出自乐山本地一年轻作者，这又是何其不易啊！我于是将这份传单珍藏起来，自信有朝一日会用到它。今天，当我从文稿堆中翻到它时，遗憾传单上未能打上当时的日期。为了搞明白对长联的来龙去脉，我电话询问了倪文涛先生。先生称：魏明伦先生的长联大约是 2005 年初在《华西都市报》刊登的，称是悬赏征联。倪文涛见到征联启事已经是半年以后的事了，他作此长联，已经不为应征，而是为学为文了。在此，让我先简要介绍一下两位作者：

魏明伦，男，1941 年出生于四川内江。1950 年参加四川省自贡市川剧团，先后任演员、导演、编剧至今。当代著名剧作家、杂文家、辞赋家。全国政协委员，中国戏剧家协会副主席，中国戏剧文学学会会长，四川省文联副主席，四川省作家协会副主席，“五一劳动奖章”获得者，被誉为“巴蜀鬼才”。代表作有《易胆大》《四姑娘》《潘金莲》《夕照祁山》《中国公主杜兰朵》《巴山秀才》《好女人·坏女人》等一批在国内外有影响的戏曲文学剧本。具有代表性的赋作十五篇，如《盖世金牛赋》《中华世纪坛赋》《廊桥赋》《抗战雕塑园赋》等。

倪文涛，男，1964 年出生于安徽望江县，20 世纪 80 年代毕业于滁州师范专科学校中文系，其妻是乐山沙湾人，于 1988 年从安徽望江的学校调动工作进川。桐城派后裔和核心作家，郭沫若文化学者，在小说、散文、诗歌、辞赋方面多有建树，人称“嘉州怪才”“沫若故里一鬼才”“嘉州小李白”。著有《倪文涛辞赋集》《倪文涛散文选》、长篇纪实小说《我在安徽亲历大包干》等。现任沙湾区文联、沙湾区作协主办的文学季刊《沫若风》的主编。

关于续对魏明伦先生的长联，倪文涛先生有一段“题外戏说”：“号称‘巴山鬼才’的魏明伦先生所出的悬赏联本是死对绝对，一句尚且难对，何况如此洋洋洒洒一段。学生不才，借出醉翁亭之醉胆，斗胆与魏先生续对下联，实乃戏对，自觉拙劣，惭愧惭愧。”

介绍完续对的长联和出联者、对联者的简况后，笔者也不揣冒昧地谈点个人看法。魏明伦先生出难联悬赏征下联，继后，巧遇倪文涛先生斗胆从容续对，这当属文化战线的“将遇良才”，或说老将遇到新秀了。魏先生的上联以他出道成功之地的恐龙灯会为破题先声，倪文涛对下联则以他创业成家的第二故乡深厚的文化底蕴作铺垫。我欣赏倪文涛的胆识，不惧大家，不畏难题，自顾从容应对；我佩服魏明伦的大度，喜见来者，喜纳知音，不计来言轻重缓急。就对句而言，时有平仄失调现象，几处关键地方对得并不合律。例如：上联的“人性三情（平）”“岁寒三友（仄）”“华夏三贤（平）”“风云三国（仄）”，下联以“人生三曲（仄）”“我身三宝（仄）”“四川三味（仄）”

“领袖三辈（仄）”相对就是违背联律的，即不能以“三”对“三”，用同一个数词相对。前面我们讲了辽使出句“三光日月星”，苏东坡对以“四诗风雅颂”，致使辽使抱拳称佩。此外，数学家华罗庚曾出上联“三强韩赵魏”，后自对以“九章勾股弦”，受到在场科学家们称道，这些都是为了避开以同一个数词相对的弊病之故。还有上面出句的“情”“友”“贤”“国”四个句脚的字是平仄交替的，而对句的“曲”“宝”“味”“辈”四个句脚的字全是仄声，没有注意与上联相反和自身的交替。难道倪文涛先生真的不知道这样对仗是违律的吗？不，他知道，他在“题外戏说”中已经明说了，“魏明伦先生所出的悬赏联本是死对绝对……学生不才，借出醉翁亭之醉胆……续对下联，实乃戏对……”

笔者认为，倪文涛先生欲对活“死对绝对”，便只得“不按规矩出牌”，摆脱“规矩”的约束桎梏，方能洋洋洒洒地完成“戏对”任务，诚然，倪文涛先生的本意也不为获奖；作为读者，也多不以成败论英雄。文友们的看法是倪文涛的下联，对得气势豪迈，文采飞扬，尤其两人姓名的谜面，更是出落得天生一“对”，巧妙迷人。下联即使不算一比工整的对句，也算得上一则骈散结合的美文，对弘扬优秀的传统文化也将起到积极的作用。无怪乎北京大学国学论坛将它作为永久收藏品，之后，更在网络上迅速传扬开来！

第八章　对联的广泛用途

对联这种独特的文学样式，若将它与应用文这种文章体裁相比，还真有相似之处，应用文在各种不同的领域有着广泛的用途，而对联也是针对不同的人和事或不同的场合有着广泛的用途，其最大的共同点就是它们都是应用型的文体。但是两者也有区别：不同的应用文，其写法、格式、语体风格都不同；对联则无论做什么用，都只需上下两联平仄谐调、词语对仗就行了。也无论题材之大小，思想之深浅，语言之雅俗，皆成对联。所以，对联实为文学中之最通俗者，最为广大群众所喜闻乐见者，也是最具广泛用途者。

一、春联

春联可谓对联的鼻祖，据历史记载，最先产生的对联就是一副春联：“新年纳余庆，佳节号长春。”春联的应用范围最广，不仅在全国的城乡，就是在全球的范围内，只要有华人的地方，就可见到春联的普及推广、遍地花开。“千门万户曈曈日，总把新桃换旧符。”王安石的《元日》

诗中说的新年到来之际，千家万户都忙着取下门上的旧桃符，换上新桃符，其中也包括取下门上的旧春联，换上新春联的意思。春联顾名思义是欢度春节，喜迎新年用的。内容一般是寄托新的一年家人心中的美好愿望，或对过去一年收获的总结感慨，但具体的内容十分广泛：应时应景，写岁次吉祥、新春美景也行；祈福求财，写人丁兴旺、发家致富也行；诚实守信，宣扬职业操守，童叟无欺也行；克己奉公，表达不忘初心、全心全意为人民服务也行；乃至卫国保家、拥政爱民、修身养性、敬老睦邻、持家之道、奋发求知……都行。来看例句：

一元复始，

百福咸臻。

春临大地，

喜到人间。

风调雨顺，

国泰民安。

门迎百福，

户纳千祥。

城乡共富，

天地同春。

春为一岁首，

梅占百花魁。

淑气腾佳节，

和风蔚早春。

河山添锦绣，

大地浴春晖。

春风荣万木，

瑞雪润千山。

忠厚传家久，

诗书济世长。

又是一年春草绿，

依然十里杏花红。

桃符门上千家换，

爆竹声中一岁除。

梅带寒香成隔岁，

酒移腊味入新年。

松竹梅岁寒三友，

桃李杏春风一家。

天增岁月人增寿，

春满乾坤福满门。

尽人伦曰忠曰孝，

守家业以俭以勤。

但将忠厚培元气，

惟有诗书发异香。

静处也闻香，梅其知我；

寒中犹觉暖，春却多情。

万里江山，重见尧天舜日；

九州草木，共沾时雨春风。

以上是我国传统的春联辑录；再看一些改革开放及新世纪的春联：

年逢大有，

日过小康。

三通国瑞，

两制邦兴。

民奔小康路，

国臻大治年。

政通千家福，

人和万户春。

追梦飞天入海，

争春跃马腾龙。

四化宏图铺锦绣，

双番阔道喜峥嵘。

春风渐化千层雪，

海峡常连两岸心。

喜迎香港回归日，

欢庆神州胜利年。

身有一能需报国，

心无百姓莫为官。

人民币入篮，中华崛起；

亚投行发轫，大国担当。

全家守岁，心醉一年好景；

零点敲钟，梦飞万里神州。

返乡过节，把爱带回家里；

逐梦飞歌，将春播在人间。

鸣鹿呦呦，春风又发青蒿叶；

啼莺恰恰，丝路新翻碧柳条。

大大方方，福字饱含中国韵；

红红火火，春联最配小康图。

三农兴旺，营销可扫二维码；

百姓安康，社保全凭一卡通。

廿四字箴言，给美好春天点赞；

千万声颂曲，为辉煌梦想放歌。

桥架港珠澳，龙飞海上，梦飞海上；

路铺欧亚非，春满人间，福满人间。

以下是本人撰写的新春联，多数发表在我所在的乐山市级报刊上。

别小龙除害扫黄净化人文环境，

催骏马倡廉肃腐纯洁公仆作风。

辞蛇岁除害扫黄巍巍校园人文环境皆净化，

迎马年尊师重教莘莘学子民族良风再弘扬。（1990 年，马年）

改造旧城滨河路秀色迷人海棠香国添异彩，

拓宽新市体育场雄姿动魄榕树佛都展宏图。

重温新中国第一大案反腐败以刘青山为鉴戒，

不忘好公仆根本要宗倡廉洁把焦裕禄做楷模。（1994年，狗年）

四海客商朝大佛乐山走向世界，

全川劲旅会三青捷报飞传神州。

雄堤兀立利导岷江桃源在望非为世外，

大道宽横畅通市井创卫有期定在年中。

辞旧唱卡拉何须声声爆竹，

迎新观彩电不用袅袅烟花。（1995年，猪年）

大渡起长虹震醒千年南北梦，

河滨铺彩路贯通十里内外城。（1996年，鼠年）

峨眉轻撒一冬瑞雪，

大佛端迎三水春潮。

中华民族洗去百年旧耻辱，

东亚明珠迎来两制新纪元。

倒序计时钟声犹急东亚明珠返棣，

顺水行舟海浪已平殖民主义归西。（1997年，牛年）

中奥成功情系一一载，

足球出线梦圆四四年。（2002 年，马年）

眼底春晖大世界，

手中宝贝小灵通。

小灵通畅连五湖四海，

大年夜遥拜六故三亲。

信息高速路为西部开发催骏马，

终端小灵通助客商拓展迎吉羊。（2003 年，羊年）

以上三副对联发表于 2003 年 1 月 23 日《乐山广播电视报》，是为该报举办的“小灵通春节征春联活动”撰写的。

中华经济一枝独秀，

西部辽原万象更新。

神五载人翱太空终圆华夏飞天梦，

全民奋力抗非典最感白衣报国心。

大地春回海棠花枝枝吐艳，

长天风暖小叶榕树树泛青。①

珍惜土地三农惟重，

①海棠花和小叶榕分别为乐山市的市花、市树。

保护水源一刻不松。（2004 年，猴年）

城际修高铁，连贯三都市；

嘉州跑动车，换乘零距离。（指成、乐、绵城际铁路）

腰鼓击欢平安大院，

秧歌扭热和谐小区。

神舟英雄再度扬威世界，

长征火箭频仍笑傲苍穹。（2006 年，狗年）

踏顶峨山观雪冷，

探花月榭嗅梅香。

两千年来朝廷立国征皇粮只道天经地义，

十一五始政府惠农免田赋皆因国计民生。

五年计划盘盘稳，

一岁安排月月红。

迁出棚户小区倍感党恩温暖，

住进惠民大院深知国策英明。

高速汽车已达成都叙府，

和谐快铁要通灌县绵阳。（2011 年，兔年）

无稽末日匆匆过，

有序朝阳冉冉升。

军民讨寇同仇敌忾，

空海设防秣马厉兵。

一环一轴五区绿心最美，

三水三桥九顶嘉定多娇。

十八大开党策英明宏基永固，

二零年到小康和美大道亨通。（2013 年，蛇年）

嫦娥奔月梦圆今古，

玉兔回宫影摄地天。

跃马扬鞭奔小康阔道，

迎春闹节歌大治嘉年。（2014 年，马年）

逐梦当驱识途马，

孝亲应学跪乳羊。

蛰伏无门亡海外，

追逃有路达天涯。

惩腐追逃孚众望，

强军护法固金瓯。

马到成功，且饮三杯下马酒；

羊来开泰，再哼一曲牧羊歌。(2015 年，羊年)

猴澄玉宇人居洁，

雪兆丰年农事昌。

悟空探暗物翱翔广宇

跪乳知深恩驰骋辽原。

党中央精准扶贫全面小康在望，

老百姓良多受益九州大治有期。

十四载抗倭祸结兵连中华儿女同仇敌忾，

七十年庆胜军强国富东亚龙狮共卫和平。

观雪景去凌云嘉定坊绿心诸景点忙坏城乡土著，

拍美图用短炮智能机长距各器材喜煞中外游人。(2016 年，猴年)

参考横批：

一室清辉	三阳开泰	四路来财	八方进宝
九州同春	百花齐放	千山竞秀	万木争荣
门迎百福	户纳千祥	鸿运当头	前程似锦
春风浩荡	大地回春	政通人和	海晏河清

民富国强　　振兴中华　　欣欣向荣　　江山如画

春风化雨　　前程似锦　　意气风发　　壮志凌云

改革开放以及进入 21 世纪以来，人民群众广泛应用春联赞美社会的发展、科技的进步、农工商贸的繁荣、国家的兴旺强盛、生活的幸福美好，尽情表达心中的喜乐，以及对党和国家重大方针决策的拥戴支持。许多优秀春联都恪守了传统对联的写作规则，内容上则力求创新，紧跟时代前进的步伐，堪谓“旧瓶装新酒”，体现了一代一代的中华儿女对我国优秀传统文化的热爱、继承和光大发扬！

二、婚联

结婚，是男女青年之终身大事，在举办婚礼时，少不了要用对联渲染喜庆气氛，表达对新人的由衷祝贺。旧时，民间庭院的房门较多，有大门、堂屋门、侧门、厢房门、书房门、寝室门、厨房门、后门等。举办婚礼的人家，几乎在所有的门上都要张贴对联，以表婚礼的喜庆隆重。新郎、新娘成婚的寝室有专门的称呼，叫“洞房”，洞房门上的对联，便是新婚联的主打了。新婚联的内容多用成双成对的事物作为夫妻恩爱、永结同心的美好象征，如：鸳鸯、鸾凤、琴瑟、伉俪、比翼鸟、并蒂莲等。来看一些传统的新婚对联：

鸳鸯对舞，

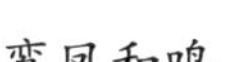

鸾凤和鸣。

凤凰鸣矣，

琴瑟友之。

珠联璧合，

凤翥鸾翔。

双飞燕舞，

并蒂花开。

吹箫堪引凤，

攀桂喜乘龙。

红莲开并蒂，

彩凤乐双飞。

银镜台前人似玉，

金鸾枕侧语如花。（洞房）

燕尔新婚春快乐，

宜人好景月团圆。（洞房）

梧桐枝上栖鸾凤，

菡萏花间立鸳鸯。（大门）

连理枝喜结大地，

比翼鸟欢翔长天。（大门）

宜把欢情联左右，

愧将薄席款西东。（侧门）

酒肴味淡惭无理，

主客情浓幸有缘。（厨房）

左右逢源君赐驾，

东南溢美我倾樽。（宴厅）

陋室摆筵酬厚意，

嘉宾入座叙欢情。（宴厅）

祖功宗德流芳远，

子孝孙贤世泽长。（祖台）

红叶题诗蓝田种玉，

黄花贴额黛笔画眉。（洞房）

结一世姻缘山盟海誓，

成百年伉俪地久天长。（头门）

子媳早相知同德同心密室，

岳翁原旧友有情有意明堂。（中堂）

新时代的婚联：

琴瑟百年好，
江山万代红。

万里长征欣比翼，
百年好合喜同心。

一对红心奔四化，
两双巧手绘新图。

爱情因勤劳增长，
青春靠知识闪光。

百年恩爱双心结，
千里姻缘一线牵。

革命伴侣志同道合，
恩爱夫妻谊重情长。

自由婚姻情同鱼水，
幸福生活甜似蜜糖。

石烂海枯同心永结，
天高地阔比翼齐飞。

参考横批：

鸾凤和鸣　　莺飞燕舞　　并蒂花开　　伉俪情深

珠联璧合　　花好月圆　　相敬如宾　　志同道合

鸳鸯佳偶　　两情鱼水　　永缔良缘　　爱河永浴

桂馥兰芳　　爱情永笃　　海誓山盟　　百年好合

金声玉振　　声磬同谐

我在撰写对联之初，也写过一些新婚联。一回，一对学生请我参加婚礼，我就写了一副婚联赠送他俩：

同窗结伴侣，似祝妹梁兄意；

桑梓联姻亲，有青梅竹马情。

随之，我又根据他俩家乡的村名（石龙村）和小地名（石马嘴）的特别之处，再写了一副叠字联一齐送给他们：

石龙景石马景景景若画，

同学情同乡情情情连心。

还有一个与我在教育战线共事近十年的好朋友，因其饱受挫折，离开教职，导致大龄晚婚。结婚时他请了我，我便写了下面这副对联赠他：

岁月蹉跎青春在，

浩劫折腾锐气存。

收到这副对联，他深有感触地对我说："你这副对联给我的精神鼓励，胜过我的亲友们送给我的那些贵重礼品……"我虽然知道这副对联有不足之处，即"岁月蹉跎"

和“浩劫折腾”这两个相对的主谓词组，其双音节节奏点上的字，平仄没有相反而是一致的，但是，唯有这两个词组相对，才能准确、深刻地表述我那朋友经受的不幸遭遇，舍此，我找不到更好的语言来替换它。

三、寿联

寿联是为庆贺父母、师尊、长辈或亲友过生日而写的，意在祝福他们健康长寿，晚年幸福，或称颂他们为人处世的功绩、德行等，突出一个“贺”字。寿联的内容要以切事、脱俗、得体、有韵味为上乘，因此，撰写寿联必须认清对象，确定主旨，用词确切，做到对人恰如其分，对事不务虚华，使人看了认可或产生共鸣。来看下面的例联：

天地为寿，
日月齐光。

福如东海，
寿比南山。

萱堂日永，
兰阁风薰。（女寿用）

玉树盈阶秀，

金萱[①]映日荣。

松龄长岁月，
鹤语寄千秋。

椿[②]树千寻碧，
蟠桃几度红。

甲子重新如山如阜，
春秋不老大德大年。（六十寿用）

从古称稀尊上寿，
自今以始乐余年。（七十寿用）

卓尔经纶传渭水，
飘然风致并香山。[③]（八十寿用）

逾古稀又十年可喜慈颜久驻，
去期颐尚廿载预征后福无疆。（八十女寿）

瑶池果熟三千岁，
海屋筹添九十春。（九十寿用）

---

①萱，多年生草本植物，指代母亲。

②椿，多年生落叶乔木，指代父亲。

③传说姜子牙渭水钓鱼时，已经年届八十岁；白居易晚年隐居于河南洛阳香山寺时，也是八十开外。故联中“渭水”“香山”代指八十岁。

蓬莱盘进长生果，
玳瑁筵开百岁觞。（百岁寿用）

天上星辰应做伴，
人间松柏不知年。

文移北斗成天象，
日捧南山入寿杯。

乐享遐龄，寿比南山松不老；
欣逢盛世，福如东海水长流。

参考横批：

大椿不老　　古柏长春　　庚星耀彩　　共颂期颐
甲第增辉　　举家同庆　　萱庭日丽　　福禄双全
蟠桃献寿　　婺宿腾辉　　星辉宝婺　　柏翠松青
椿萱并茂　　南极星辉　　庚婺同明　　盘献双桃
鹤算筹添　　天上双星

下面录几副革命先辈们撰写的贺寿联：

朱德、彭德怀为冯玉祥写的寿联：

南山峨峨，生者百岁；
天风浪浪，饮之太和。

这是两位作者集《诗品》句组成的对联，极其精炼地把冯玉祥为人处世的风貌勾画出来了。“饮之太和”是吮吸着太和之气，与鹤为侣，逍遥太空之意。

邓颖超为冯玉祥写的寿联：

写诗写文章，亦庄亦谐如口出；

反帝反封建，不挠不屈见襟期。

叶挺将军在狱中得知国内进步的文化界人士庆祝郭沫若五十寿辰时，便写了这样一副寿联：

寿比萧伯纳，

功追高尔基。

郭沫若为美国黑人文学的奠基者，研究美洲和非洲历史、社会的学者杜波依斯九十一岁生日撰联：

替有色人种增光，铁中铮铮钦此老；

为世界和平努力，东风习习寿期颐。

马寅初先生六十寿辰时（1941 年），正被国民党政府囚禁于狱中，周恩来、董必武、邓颖超和重庆新华日报社向他赠送了贺联和贺幛：

不屈不淫征气性，

敢言敢怒见精神。

这副贺联极好地概括了马寅初先生追求真理、维护正义、敢于斗争、不怕牺牲的崇高品质。

桃李增华，坐帐无鹤；

琴书做伴，支床有龟。

上面贺幛的文字，也是一副工整的对联，可谓字字寄情，体现了老一辈无产阶级革命家对这位德高望重、坚持进步的学者的无限关怀与慰勉。

笔者也曾写过一副寿联，是为初中时教过我的李显桂老师写的，该老师学识渊博，工作敬业，师风良好，和蔼可亲，还担任教导主任多年，颇受学生爱戴。因此，毕业多年的学生们，连续为他的七十、八十、九十大寿举办了三次庆寿活动。我写的寿联就是庆贺他九十高寿时送的，联文是：

精国语，谙英文，通乐律，究艺书，教务长持，才臻八斗；

疼孥妻，爱后学，秉师风，忠事业，胸襟旷达，寿享期颐。

可以看出，寿联都是对长者、尊者表达祝愿和敬意的。有没有对庆寿者表达愤怒与谴责的对联呢？有。那是1904年旧历十月十日慈禧太后七十岁生日时，章太炎写了这样一副对联来讽刺她，表达对这位丧权辱国，骑在人民头上作威作福，大肆挥霍中国人民的民脂民膏的清朝最高统治者的憎恨与挞伐，联文是：

今日到南苑，明日到北海，何时再到古长安？叹黎民膏血全枯，只为一人歌庆有；

五十割琉球，六十割台湾，而今又割东三省！痛赤县邦圻益蹙，每逢万寿祝疆无。

上联写西太后为了个人贪欲享乐，不顾人民的死活，下联写她每庆祝一次生日，国家就进一步遭殃。全联把清朝统治者辱国虐民的嘴脸揭露得淋漓尽致。

不过，这已经不属于“寿联”的范畴了，它是借庆寿之机用以表达人民群众愤懑和不满的“利器”，具有极强的讽刺意味和战斗作用。

四、挽联

挽联，是哀悼死者，在治丧祭祀时专用的对联。它既是对死者的哀悼，表达对死者的敬意与怀念，也是对生者的一种慰勉。挽联有其社会性，除了在办理丧事时用到外，在祭祀先人时也常用到。挽联也有其时代性，人们在追思逝者生平业绩或功德时，往往要体现出他所处时代的特征或精神。因此，挽联的立意应该是积极的，与时代精神合拍的，对人民起正面作用的。写挽联时要求有针对性、真实性，最好不要把它写成通用联。挽联要用白纸、墨汁书写，张贴在灵堂正面或祭幛、花圈上，使用时间都有一定局限。来看例联：

兰摧玉折，

花落水流。

丹心昭日月，

正气贯乾坤。

流水夕阳千古恨，
凄风苦雨百年愁。

云生竹径樽犹在，
雪压芝田人不回。

事业已归前辈录，
典型留与后人看。

舍己为人当仁不让，
赴汤蹈火见义勇为。

公有千秋名国有儒将，
生为万人敌死为鬼雄。

时事伤心风声鹤唳人何处，
悲情惨目月落乌啼霜满天。

悲哉，秋之为气；
惨矣，瑾其可怀。（挽秋瑾联）

经学驾唐宋而上，
其人在儒侠之间。（挽章太炎联）

为革命而奋斗，为革命而牺牲，死固无恨；

在压迫下生活，在压迫下呻吟，生者何堪！（悼李大钊联）

著述最谨严，非徒中国小说史；

遗言太沉痛，莫作空头文学家。（蔡元培挽鲁迅联）

为民族解放，为阶级翻身，事业垂成，公胡遽死！

有云水襟怀，有松柏气节，典型顿失，人尽含悲！（毛泽东挽续范亭联）

功高天下而无欲，威震中外而不骄，生为工农死为工农，问千古英雄谁能为伍？

假马列以令诸侯，裹红旗以图权位，这也翻案那也翻案，使一身解数无事生非。（1976 年清明节，北京群众在天安门广场悼念周恩来总理，声讨“四人帮”的一副挽联。）

五、励志联

励志联，顾名思义，它是激励人们树立远大志向、奋发上进的联语。多为先知先觉者或德行高尚的长辈对后生后学者进行启发引导的至理名言或肺腑之言，以警策来者之身心，供后代作立身之垂范；它还可以是上级领导部门对从事某种重要工作的人的严格要求。这种联语，如果是运用者主动把它作为自己行为规范、行动指南的，也可称为格言联，或称座右铭联，如果是本人撰写出来给自己作勉励、敲警钟的，也可称为自勉联。至于“书斋联”“治学联”一类称谓，都只不过是“励志联”在使用场合、使用方式、所写内容上的区别而已，不必把它们另看作一类。

来看例句：

学而不厌，
诲人不倦。

勤能补拙，
俭可养廉。

境由心造，
事在人为。

求通民情，
愿闻己过。

上面第四联是明朝王阳明为官时写在高脚牌上作为巡行时的前导仪仗的一副对联，后来清代的林则徐在江苏做官时，便在官署门外写出这副对联，以宣示自己的为官态度。我们可以把这副对联看作两位为官者的自勉自励联了。

山水含芳意，
风云入壮怀。

高情薄霄汉，
浩气贯长虹。

与其临渊羡鱼，
不如退而结网。

书山有路勤为径，
学海无涯苦作舟。

宝剑锋从磨砺出，
梅花香自苦寒来。

黑发不知勤学早，
白头方悔读书迟。

有关家国书常读，
无益身心事莫为。（徐特立赠青年）

板凳要坐十年冷，
文章不写一句空。（范文澜座右铭联）

与有肝胆人共事，
从无字句处读书。①

---

①周恩来青年时代自勉联。“从无字句处读书”，此句并非是要人们不读“有字句”之书，而是劝人们不要读死书、死读书，要在“无字句”的地方（指广泛的生活实践中），也努力读出“有字句”的内容来。

沉舟侧畔千帆过，

病树前头万木春。

事能知足心常乐，

人到无求品自高。

海纳百川有容乃大，

壁立千仞无欲则刚。（林则徐）

此是林则徐任两广总督期间，厉行查禁鸦片，亲自在府衙堂上题写的一副对联。上联宣示自己要广泛听取各种不同意见，下联则是对自己的警策，只有杜绝私欲、刚正不阿，才能做高挺世上的好官。

苟有恒何必三更起五更睡，

最无益只怕一日曝十日寒。（毛泽东）

风声雨声读书声，声声入耳；

家事国事天下事，事事关心。（顾宪成）

有志者，事竟成，破釜沉舟，百二秦关终属楚；

苦心人，天不负，卧薪尝胆，三千越甲可吞吴。（蒲松龄）

发上等愿，结中等缘，享下等福；

择高处立，就平处坐，向宽处行。（左宗棠）

干惊天动地事，

做隐姓埋名人。

此联是国家对研制“两弹一星”的“功臣”、广大科研工作者以及人民解放军指战员们殷切慰勉和严格要求的励志联。上联褒扬他们干的事是史无前例、惊天动地的大事业，下联要求他们要忠于党的事业、严守国家机密，做一个默默无闻的人。这是多么高的标准，这是多么严的要求，可是我们祖国的优秀儿女们一个个都严格地遵守了，无条件地做到了。他们的去向、他们的工作，终生不为人知，就连他们的父母、亲人也绝不告知。有的人埋骨大漠戈壁，有的人死后才为人晓，真正是鞠躬尽瘁，死而后已了！

六、名胜古迹联

名胜古迹包括的范围很广，如名山胜境、风景园林、江河湖海、寺庙祠堂、亭台楼阁、名人故居、历史遗存等，都属此范畴。名胜古迹所在地，往往自然风光绮丽独特，建筑遗存灿烂辉煌，人文历史丰富厚重，因而也必然是历朝历代文人雅士诗歌唱和、楹联对答的绝佳境地。单以楹联而论，名胜古迹所在处可以说举目便见楹联，经过漫长岁月的积淀，真乃不胜枚举，若星空般浩繁，因而，我在此列举的，也只能是名胜古迹楹联中的九牛一毛。但“山不在高，有仙则名；水不在深，有龙则灵”，相信读者朋友会从我的简要介绍中，感受到我国名胜古迹楹联的博大精深和千古不朽！请看例联：

四面湖山归眼底，

万家忧乐到心头。

此为湖南岳阳楼楹联，它概括了所见洞庭湖风光，点到了范仲淹《岳阳楼记》的精髓笔触。

何时黄鹤重来，且自把金樽，浇洲渚千年茂草；

今日白云尚在，更谁吹玉笛，落江城五月梅花。

此系湖北黄鹤楼楹联，典出崔颢《黄鹤楼》、李白《与史郎中钦听黄鹤楼上吹笛》两首诗，一反崔、李诗中的惆怅，多了几分怡然自得。

杭州西湖的亭台楼阁中悬挂有一千多副对联，最为公认的是“西湖天下景”亭联：

水水山山处处明明秀秀，

晴晴雨雨时时好好奇奇。

此联在讲叠字联时曾将它作过例句，在此重提它是有必要另作一点补充。该联系一代楹联大家、甘肃临洮人黄文中所撰。黄早年留学日本，获东京明治大学经济学学士学位，并加入同盟会。回国后在甘肃省教育厅和各大、中学校任职。他抨击军阀专制，批评时政，有民主斗士之称。1931 年后避居杭州，为西湖景观题写了多副楹联。他文辞、书法俱佳，撰写的“西湖天下景”匾额和这副叠字联，都驰名国内。对于这副叠字联，据爱好者研究有多达 12 种读法。最明显的一种读法是按回文联的方法倒着读回去，另外的读法如："水处明山处秀水山明秀，晴时好雨时奇晴雨好奇。""水明山秀水山处处明秀，晴好雨奇晴雨时时好奇。"……

无独有偶，苏州网师园看松读画轩联也是一副叠字联，与上联如出一辙，有异曲同工之妙，联文是：

雨雨风风暖暖寒寒处处寻寻觅觅，

莺莺燕燕花花草草卿卿暮暮朝朝。

上联化用了李清照词《声声慢》，使联语富于特色。全联从纵和横的角度描写了网师园山重水复、鸟语花香的美景，以及游客流连忘返、恋人卿卿我我的景况。全联巧用了十四对叠字，与轩前明媚秀丽的风光十分贴合，读来声韵铿锵，含义深长隽永。此副联文也可采用回环式顺读和倒读。

著名的杭州西泠印社柏堂联：

大好湖山归管领，

无边风月任平章。

联句中有两个词语须领会清楚：一是"管领"，有"管辖统领""领受""过问，理会"等含义；一是"平章"，有"品评、评论""辨别清楚""平正彰明"等含义。"平章"的"平"读音 pián，与"辨"字通假，辨别之意；"章"与"彰"通假，有彰明、显著、鲜明等意思。根据两个词语的一些解释，我们可选择贴近联句的词意来大致疏通联意，即：拥有杭州西湖这大好的山水风光，就让我们尽情地享受吧；面对眼前这无边的清风明月，任由我们对它作出多高的评价，以彰显它的天然丽质也不会过分的。

下面引用的是苏州留园五峰仙馆北厅联：

读书取正读易取变读骚取幽读庄取达读汉文取坚，最有味卷中岁月；

与菊同野与梅同疏与莲同洁与兰同芳与海棠同韵，定自称花里神仙。

上联概括了五本书的特点：读《尚书》要严谨求实，读《易经》要学会变通，读《离骚》要体会境界，读《庄子》要领会豁达的胸怀，读汉代的辞赋要学习作者建功立业的豪迈，潜心在书中的岁月最值得品味。下联描述了五种花的风姿：与菊花同拙扑，与梅花共疏朗，与莲花同高洁，与兰花共芬芳，与海棠通风韵，若具有了上列花的高洁、脱俗，就称得上是花里神仙了。

这副对联出自清代同治十三年状元陆润庠之手。上下联各用了五个排比句：五种花对五部书，营造出一种酣畅淋漓、一气呵成的对仗之美。①

安徽黄山立马峰联：

---

①苏州留园五峰仙馆北厅联及翻译解读文字，均取自电视纪录片《楹联里的中国》，特此说明并致谢意。

立马空东海，

登高望太平。

此联是抗日战争初期一位民国将领所撰。当他走到立马峰时，见此峰状如骏马，遂引发了胸中豪情，写下此联。上联的“东海”指代日本，下联的“太平”指不远处的太平县，故联中包含了借代与双关。全联意思是：横刀立马打败日寇，结束战争；登高望远，决心实现和平。此十字联文共请了十位石刻师傅花了半年时间，才将它镌刻于立马峰的石壁上。

下面是山海关联：

群山尽作窥边势，

大海能销出塞声。

首先，我们看这是一副嵌字联，在上下联的第二字分别嵌入“山”与“海”，巧妙地暗示了关名，属于“燕颈格”。“窥边”“出塞”二词，既拟写了戍边将士的机警勇武，又透出了山海关的特殊地理位置和重要的历史负荷。联文似在向人述说历史，把人带回那烽火硝烟的岁月中去，立意高妙奇绝，属不可多得的上乘之作。

再看郭沫若故居“绥山山馆”联：

雨余窗竹图书润，

风过瓶梅笔墨香。

“绥山山馆”是郭沫若少年时代启蒙求学的书塾名，是郭沫若的父亲专门聘请名师，在其家中为少年沫若及小伙伴们开办的。此联富有浓浓的书香气息。

来看一副最短的名胜联：

月，

霞。

此一字联为当代诗人、楹联家方克逸所撰之安徽巢湖四顶山联。方克逸，1953 年 5 月 22 日出生于安徽省巢湖市，在逆境中，由小学文化程度自学获得安徽大学毕业证书和全国自学成才荣誉证书。由于在诗词、楹联、书法上都有不凡的业绩，1994 年被中国楹联学会列入为“联坛十秀”人物。1995 年，因“月，霞”一字联获世界吉尼斯“最短的名胜楹联 ”证书。

下面是苏州寒山寺大雄宝殿联：

尘劫历一千余年，重复旧观，幸有名贤来做主；

诗人题二十八字，长留胜迹，可知佳句不须多。

此联为清代榜眼、翰林院侍讲邹福保撰。上联是说寒山寺历经一千多年天灾人祸的损毁，以及之后的为政者、寺庙住持、名流贤达多次募集资金重修寺庙的善举。下联“二十八字”，指唐代张继名扬中外的《枫桥夜泊》诗。

下面是南京总统府联：

九万里舆图归属民权山河革旧，

数千年历史废除帝制岁月鼎新。

南京总统府正式成立于 1912 年 1 月 1 日，是孙中山先生宣誓就任中华民国临时大总统时的府邸。随着历史的变迁，蒋介石国民政府的土崩瓦解，中华人民共和国欣欣向荣的诞生，南京总统府遂成历史陈迹，成了人们缅怀历史的纪念地。联文浸润着孙中山先生民主革命的思想，以及他终生为此奋斗的主张。

来看河南南阳卧龙岗诸葛庐门联：

心在朝廷，原无论先主后主；

名高天下，何必辨襄阳南阳。

联文作者是清代咸丰年间的顾嘉蘅，顾是湖北襄阳人，时任南阳知府。作者写此联之前，“两阳之争”早已发生，即诸葛亮出山之前到底在何处隐居？是河南的南阳还是湖北的襄阳？争论双方都拿《隆中对》作论据，因两地都有地名叫“隆中”。面对此番争论，顾嘉蘅觉得“故乡地，为官地，背着抱着一样沉，取个中庸，才是明智之举。”故以“何必辨襄阳南阳”为联句作结，体现了一种公允和大度。曾经，胡耀邦到南阳视察，看到此联大为赞赏，并仿写了一联：“心在人民，原无论大事小事；利归国家，何必争多得少得。”

下面是四川凉山州冕宁县“灵山寺”大牌坊中门联：

灵山有灵清风灌顶开智慧，

墨海无墨净水洗心得精神。

上联题款“临邛阎大树撰联”。此联突出了“灵山寺”的两大特点：一是社会上盛传“灵山寺”是远近闻名的最灵验的寺庙；一是灵山寺后山有三个海子：红海、墨海、连三海。其中墨海位于灵山河正沟源头，海拔约 3500 米，形似葫芦。由于周围山峦树木掩映，海水远观为黑色，近观则清澈见底，洁净无尘。

请看下一副公认的传世名联成都武侯祠“攻心联”：

能攻心则反侧自消，从古知兵非好战；

不审势即宽严皆误，后来治蜀要深思。

此联是武侯祠诸葛亮殿的大门联，门楣之上的匾额书“名垂宇宙”四字，当属对联的横批。要读懂这副对联的意思，理解“攻心”和“反侧”两词很关键。

先说“攻心”，此两字出于《三国志·马谡传》，书中称马谡被诸葛亮“每引见，谈论自昼达夜”，马谡进言：“用兵之道，攻心为上，攻城为下；心战为上，兵战为下。”认为打仗最重要的是瓦解敌人的斗志，收服敌人之心。诸葛亮对此战略十分赞赏。以上就是对“攻心”最原始、最透彻的解释。再说“反侧”，在这里“反侧”是不安分、不顺从、叛逆的意思，不是成语“辗转反侧”中转动身体、翻来覆去的意思。于是全联的意思就可以理解为：用兵能攻心，反叛就会自然消除，自古以来，真正懂得用兵的人并不好战；不审时度势，施政方针或宽或严都会失误，这对于以后治理蜀地的人，值得深刻反思。

此联是光绪二十八年（1902 年）赵藩所撰。赵藩（1851—1927 年），字樾村，又字介庵，别号蝯仙，云南剑川人，白族，近代历史上著名的政治家、学者、诗人和书法家。他崇敬诸葛亮，自己也曾有“小诸葛”的绰号。赵藩 24 岁中举，在云南和四川为官多年，参加过辛亥革命和护国、护法运动。他曾做过云贵总督岑毓英的幕僚，一生勤奋好学，著述颇丰，尤以书法、诗歌、楹联及编撰见长。赵藩为云南做了一件名留史册的事——重书大观楼长联，那年他 38 岁。那是 1889 年正月，云贵总督岑毓英庆贺自己的 60 岁生日，他想利用自己的寿辰来做件轰动的事情，便请赵藩重书大观楼长联，由名匠镌刻，送往大观楼悬挂。此举立即受到极大的赞赏：“长联双绝，旧句高，补书妙，绿叶牡丹，互为生色。”长联落款为“昆明孙髯翁旧句，西林岑毓英重立”。据记载，岑毓英在让赵藩书写长联之前，曾邀请过省内外著名书法家来书写，但都不甚满意，最后才请赵藩来书写。赵藩没有辜负信任，书写获得了岑毓英的认可。由于赵藩是代笔书写，没有署上自己的名字，但做了一件如此荣耀的大事，他的内心也是很满足的。

赵藩书写大观楼长联，自是与岑毓英有密切的关系，怎想到后来他撰写成都武侯祠“攻心联”，又与岑毓英的儿子岑春煊密不可分，有着更为深沉、难于直表的隐衷。

初看，“攻心联”是对诸葛亮带兵打仗和治理蜀国的赞扬。《三国演义》中平定南中，七擒孟获的故事便是他“攻心为上，攻城为下”的突出战例；诸葛亮在辅佐刘备建立蜀汉政权，治理沃野千里的天府之国时，因见前代太宽而采用了儒家“世轻世重，宽猛相济”的策略也是深得人心的。但作者写此联并非只是评价诸葛亮这么简单。1901 年冬，四川白莲教起义，清政府派封疆大臣岑春煊到四川任总督，岑为官跋扈，不恤民情，上任后以重兵清剿起义军，镇压境内民乱，滥杀无辜。其时，赵藩在四川先后任酉阳直隶州知州，盐茶道、永宁道、按察使等官职。目睹岑春煊的劣行，身为下属的赵藩极为担忧又无法直接规劝，虽然赵藩曾在云南岑府做幕僚时教过岑春煊，是其启蒙老师。于是赵藩便将自己的深思熟虑及规劝，以借古喻今的方式写下“攻心联”，命人悬挂于武侯祠诸葛亮殿前。不久，赵藩借春游之名，邀请这位顶头上司到武侯祠赴宴，有意让他看到这副对联。赵藩此举是否能动摇当权者的执政理念，尚缺乏记载，但这副攻心联始终警示着后人回顾诸葛亮的治蜀经验，从“攻心”“审势”中思索治国理政之道。

国家领导人毛泽东十分推崇此联，1958 年他到成都开会期间，曾参观武侯祠，在此联前驻足沉思良久，反复玩味联语的微言大义。60 年代，毛泽东嘱咐去四川任职的梁兴初要到武侯祠观读“攻心联”，后来他又对四川的主政者再次提及此联，要他们高度重视攻心联中的政治智慧。邓小平也曾经称赞说赵藩此联写得好，富有哲理。江泽民也为此多次高度评价赵藩，称他是云南少数民族中在历史上有影响的杰出人物。

再看一副例联，我把它放在所举名胜古迹联的最后，一是它的出处与前面的名胜地比起来，实在是小之又小，二是我发现它的时间是在近期，便必然被列于最后了。联曰：

抚剑餐霞神仙洒落，

飞觞醉月名士风流。

此联位于乐山市市中区悦来乡境内顶高山麓一座损毁了的寺庙遗址上，该寺庙名“顶高庙”（也称“锦江庙”），我去寻访时，见遗址上立有一块告示牌，上书：“顶高庙位于顶高山脚，原占地约 300 平方米，有大殿、亭子各一间，供有大小塑像 300 尊……解放前，曾用于开办私塾。1950 年初顶高庙被撤，用于修建荔枝湾小学。‘破四旧’时期，菩萨塑像全部被毁坏。”落款是“荔枝湾村一组”。如今，寺庙遗址的崖壁上，还残存有摩崖造像，其中最大的石刻神殿叫“二仙宫”，“抚剑”联就刻在两旁的石柱上。据为发起重修太白亭而遍访过顶高山该亭旧址的梁慧星院士回忆，他也曾走到过“二仙宫”，见到过此副对联。他还解释说，“宫”里只供了一尊“神像”，为什么称“二仙”呢？

因为那尊“神像”是李白，李白是“诗仙”“酒仙”，所以当地人就把他尊为“二仙”了。山上还修建有“太白亭”，是为纪念他仗剑去国，途经平羌江畔“清溪驿”时，写下了永垂千古的《峨眉山月歌》。

要理解该联，须先理解“洒落”的意思。“洒落”，不是“水”或其他东西洒落一地的“洒落”，而是“洒脱”的意思，形容潇洒自然，不拘束。这样，全联的意思就可理解为：“晨起舞剑，沐霞用餐，真是神仙般潇洒自在；举杯邀月，对饮同醉，实乃名士的倜傥风流。”李白超尘脱俗的风骨，儒雅风流的气度便跃然联句之中。把李白当成神来供奉，并根据他的精神、气质写出如此“量身定制”般的赞颂联，可见乐山先民对诗人何等地尊崇，对其诗作又是多么地喜爱！

七、行业广告联

“行业”的范围很广，包括企、事业单位，各行各业。他们书写来展示本行业的职责、操守，宣传本单位的优势、特长或对群众作出表态、承诺的对联，就叫行业联。行业联多有广而告之的意味，所以把它和广告联合并在一起，作“行业广告联”来一并介绍。比如药店、酒店、粮店、书店、鞋店、糖果店、丝绸店、理发店、缝纫店、钟表店、眼镜店、茶馆、宾馆、文化馆、照相馆、饭店餐馆、澡堂浴室、机关学校、百货公司、交通运输、建筑公司、电力通信、银行保险，等等。

来看例联：

海马海龙通大海，

红花红藤映山红。（中药店）

只愿世间人无病，

何妨架上药蒙尘。（药店）

品味虽贵必不敢减物力，

炮制虽繁必不敢省人工。（北京同仁堂药店门联，此联出现相同字、词相对）

神州到处有亲人不论生地熟地，

春雨来时尽著花但闻藿香木香。（中药店）

万丈红尘三杯酒，

千秋大业一壶茶。（此联大气、豪爽，系四川洪雅高庙一酒、茶叶店联）

虽无扬子江中水，

却有蒙山顶上茶。（四川雅安名茶“蒙顶茶”店）

展示三危无上宝，

迎来四海有情风。（甘肃敦煌宾馆联，赵朴初撰。“三

危”，当地山名）

喜色瞬间留玉照，
春光永久驻红颜。（照相馆）

剪裁奇妙随心动，
斩切艰难任意行。（北京王麻子刀剪铺联）

晓日芙蓉新出水，
春风豆蔻暖生香。（浴室、澡堂）

汤泉里有浮沉客，
暖室中多康健人。（浴室、澡堂）

相逢尽是弹冠客，
此去应无搔首人。（理发店）

理发美容男子汉轩昂仪表，
烫头添艳女儿家飒爽英姿。（理发店）

北京布鞋，伴君平安走天下；
东方工艺，含我祝福藏履中。（北京布鞋店）

行千里路，布履犹能傲赤舄①；

①赤舄（xì）：古代皇帝举行隆重仪式时所穿的一种木底鞋。

读万卷书，平步亦可踏青云。（北京布鞋店）

同农行联手，

与财富结缘。（中国农业银行）

香招云外客，

味引酒中仙。（酒店）

饮酒客来风亦醉，

就餐人去味犹香。（餐饮店）

剪绿裁红春色，

挑花绣叶仪容。（缝纫店）

巧手剪裁心上美，

汗流浇灌世间春。（缝纫店）

只为安全当配角，

不因暴利昧良心。（机动车零配件商店）

曲直自有旁人看，

偏正当由社会评。（木匠铺）

尊师重教兴邦路，

育李培桃致富门。（学校）

甘守清贫为路石，

不求闻达做人梯。（学校）

三尺讲台可话古今中外，

一支粉笔能描天地河山。（学校）

勤政为民担道义，

洁身律己献才能。（政府机关）

抓铁有痕，转变作风留政绩；

踏石留印，创新思路富人民。（政府机关）

三十六策水为上，

七十二行电乃先。（水电行业）

万里纵横，叠叠关山难阻隔，

四方联络，条条车路任通行。（交通运输）

车窗似银屏摄进满眼诗情画意，

公路如玉带牵来万里绿水青山。（交通运输）

天下大事荧光屏送天下，

人间美德无线电传人间。（广播电视台）

文明经营童叟无欺坚持五讲四美，

礼貌待客旧新兼纳不论四面八方。（百货商店）

调整信贷规模支持农工商协调发展，

广开融通门路促进产供销良性循环。(人民银行)

各行各业，攸关人民群众；行业楹联，着实异彩纷呈。它们对于立身行事、处世为人，多有启发教益，值得我们品赏、体味。

八、戏台联

我国的戏曲文化从先秦时代就开始了，但成熟的戏曲要从元代杂剧算起，历经明、清的不断发展成熟而进入现代。戏曲文化是中国的传统文化，也是颇具代表性的文化。表演戏曲的特定建筑称戏台，戏台前有一大坝，供人们站着或自带凳子坐着看戏，这种坝子连同戏台一起俗称“台子坝”。旧时代，广大农村的乡镇上，一般都少不了这种“台子坝”。鲁迅先生的《社戏》，写的就是一群江南水乡的孩子划着船去看“台子坝”演“坝坝戏”的情景。以我所在的乐山为例，建市以前只是一个县，但所辖的乡镇上都有戏台，如通江乡、安谷乡、水口乡、罗汉乡、苏稽镇、牛华镇，等等，都有“台子坝”。与乐山邻近的犍为县罗城镇古戏台，则是一个修建得典雅、壮观的乡镇戏台，这个戏台至今都还完整地保存着。保存完好并适时进行着维修的古戏台，在全国并不罕见，2015 年我去江南旅行时，在江苏同里古镇就看见那里的“台子坝”正上演着古装戏。至于县以上的古戏台，就修建得雄伟、大气多了，它们大都修建在庙宇中、会馆中或聚族而居的民居院落中。这种戏台的两侧还建有长廊似的一楼一底的厢楼，以供更多的观众看戏。我所见到的最豪华、最壮观的戏台（楼），要数四川自贡西秦会馆（盐业博物馆）的戏楼了。它高达三层，为三重檐宝顶式，戏楼为木石框架结构，楼面有两石柱直贯三层，气势很大，且装饰华丽，绘有吉祥图案，还有大量戏曲人物和戏曲故事雕刻。戏楼两边也有长廊似的两层建筑，供观众在楼上或楼下看戏。在以上这些戏台看戏，观众都是不花钱并自由进出的。这类戏台多配有戏台楹联，用以揭示戏台与人类社会生活的密切关系，彰显戏剧的劝谕、教化作用和娱乐功能等。到了近现代，城市地方为表演戏曲、歌舞、杂技而修造的建筑就称戏园、剧院，或会堂、礼堂了，在这些地方看演出是要买票的，或发放专门的邀请票才能进去。名为“会堂”“礼堂”的建筑物，主要为政府部门召开重大会议专用，也供盛大演出使用，如北京人民大会堂、重庆人民大礼堂便是。在此，对“重庆人民大礼堂”作点小插叙。该礼堂建于中华人民共和国成立初期，规模宏大，气派壮观，主体建筑仿北京天坛形制，内部空间呈圆柱形，主会台与观众席合围成柱体的四壁，底层观众席是个大半圆形，另有三层楼厢则是环绕主会台的，人们坐在楼厢里，居高临下，视野开阔，无论参会还是看演出均很适宜，直至今天看来，它都不为过时。它的修建可以说超前了几十年，那是 20 世纪 50 年代，正是国民经济的恢复时期，修建这样的礼堂就显得耗资巨大，不合时宜。因此，当时主管西南和四川工作的领导都受到中央的严厉批评。记得当时还有一首批评这类大手大脚地修建楼堂馆所的歌曲，一开头就饱含讽刺意味："我不吹，我不夸，我是个伟大的建筑家！"幸好当时中央政府没有强令将礼堂拆掉，不然今天重庆就会缺少一个受人关注的旅游景点，重庆人民也会少一份自豪感。

好了，闲言少叙，下面请看戏台联：

舞台小天地，
天地大舞台。

金榜题名虚富贵，
洞房花烛假姻缘。

顷刻间千秋事业。
方丈内万里江山，

律吕调和依然是高山流水，
宫商迭奏好像那白雪阳春。

剧中有善恶分善恶弃恶扬善，

戏里存真伪辨真伪去伪存真。

凡事莫当前，看戏何如听戏好；

为人须顾后，上台终有下台时。

古今来，色色形形无非是戏；

天地间，奇奇怪怪何必认真。

看不真莫嚷，请问前头高见者；

站得住便罢，须留余地后来人。

载治乱，知兴衰，历代帝王都亲目；

写褒贬，别善恶，一部春秋全在兹。

客里话仙踪，玉笛瑶琴，远引当年云鹤；

歌声谐古调，阳春白雪，近归此日楼台。

或为君子小人，或为才子佳人，出场便见；

有时惊天动地，有时欢天喜地，转眼成空。

美女不尽是红颜，抹来几点胭脂，便叫那辈消魂魄；

奸臣何尝皆白鼻，借得半斤铅粉，好赠斯人画面皮。

唐宋传奇，金元曲谱，乾坤一场戏，忠国爱民全种族；

淘沙雪浪，过眼春风，俯仰皆鉴身，空前绝后大奇观。

一部廿四史，演来古今传奇，英雄事业，儿女情怀，都付与红牙檀板；

百年三万场，乐此春秋佳日，酒座簪缨，歌弦丝竹，问何如绿野平原。

下面抄录一些我在各地记录的戏台联：

离合悲欢演往事，

愚贤忠佞认当场。（嘉峪关戏台联）

一生谨慎不得儿戏，

半世风流岂失乐观。（四川犍为文庙戏台联）

忠佞贤奸到头有报，

风花雪月转眼成空。（成都洛带古镇湖广会馆戏台联）

假衣冠演出贤奸淑嫟，①

凭律吕奏来离合悲欢。（平遥古城财神庙戏台联）

移影换形俨然君臣父子，

假哭真笑表达离合悲欢。（四川江安夕佳山民居戏台联）

板鼓铿锵敲醒富贵黄粱梦，

琴丝婉转飞上神仙白玉楼。（平遥古城城隍庙戏台联）

---

①嫟（nì），义同“昵”，宠幸的人。

从古至今几多角色不止生旦净丑，

开天辟地一大戏台无非离合悲欢。（成都洛带古镇江西会馆戏台联）

千年史迹几出戏谁能品个中滋味，

万里江山一回头我不言梦里乾坤。（西昌邛海“古榕月韵”戏台联）

小调高腔讴歌世事人情民安国泰千秋业，

龙飞凤舞眷恋青山绿水锦簇花团一镇香。（四川青城后山泰安镇戏台联）

历代壮奇观，睹胜败兴衰，千古英雄收眼底；

高台供欣赏，听管弦丝竹，数声雅调拓胸襟。（四川洪雅七里坪戏台联）

以上戏台联，对仗方面，有的只能算大体工整，内容上有的并不牵涉戏剧本身，而是要求看戏人不要争先恐后、拥挤喧哗，做一个文明观众。但戏台联总的说来皆以戏曲喻人生，其劝谕、教化作用是不可替代的。

九、新居落成联

这类对联，随着时代的变迁，名称稍有变化。旧时代，修房造屋，建立居所都是房主人自主经办的事，住进新房的对联，便称新居落成联；进入现代，人们的住所多为购置，住进高楼大厦的公寓，此时的对联称乔迁新居联，就更贴切些。乔迁新居的对联可以是亲朋好友赠送的，也可以由房主人自己撰、自己书写。来看例联：

祥云凝福地，
瑞气满新居。

松菊陶潜宅，
诗书孟子邻。

上林春色早，
乔木知音多。

仁风春日照，
德泽福星明。

旭日随心临吉宅，
春风着意入新居。

千秋伟业儿孙志，
万代宏图祖德光。

喜看祥云笼甲第，
欣观福景聚新门。

秀水绕门蓝作带，

远山当户翠为屏。

基实奠定千秋业，

柱正撑起万年梁。

乔第喜迁新气象，

名门不改好家风。

仁里莺迁崇四美，

新居燕喜庆三春。

水如碧玉山如黛，

凤有高梧鹤有松。

新居焕彩盈门秀色，

华构落成满座春风。

燕贺新巢双栖画栋，

莺迁乔木百啭上林。

紫微高照勤劳宅地，

福气长凝俭朴人家。

门对青山庭铺瑞雪，

屋临绿水窗横蜡梅。

画栋连云燕子重来应有异，

笙歌遍地春光常驻不须归。

居卜德邻人杰地灵觇瑞气，

宅迁仁里珠兰玉桂兆奇英。

兴大厦建乐园景色如画美，

住新居创家业生活似蜜甜。

春华秋实此处饶有农家乐趣，

水抱山环其中别具园林风光。

南楚发源本世家旺族，

西陲启宇真胜地名门。

上面最后一副对联是乐山市市中区水口镇龙窝村省、市两级文物保护单位宋祠堂的大门联。祠堂规模颇大，内有戏台、厢楼等，占地20余亩，面对峨眉仙山，背靠乐山大佛，山环水绕，风景秀雅。据云：宋氏先人宋元泰于元朝科举致仕，官至三品监察御史，元乱时率子嗣入川，其后人宋仕进选定龙窝村定居，于明末清初之际，修建了宋氏宗祠。此联当属新居落成之际撰写并勒石。

参考横批：

莺迁乔木	燕喜新居	新居凝瑞	安居乐业
繁荣昌盛	吉庆满堂	福曜常临	华堂焕彩
栋宇聿新	兴旺发达	画栋凌云	门兰霭瑞
横烟绿映	受福宜年	吉星高照	迎福纳祥
福禄绵长	择处得仁	安泰祥和	福蕴新居

十、应答题赠联

应答、题赠联与诗歌唱和或指物作诗情形相似，是文朋联友聚会时，兴之所至开展的一种高雅的文字游戏，它对于出联者，尤其是应联者的学识水平、想象思维、应变能力，无疑是一种不小的考验和挑战。企事业单位或个人，向社会广泛征集下联（或上联），这当属应答联，但这里讲的应答联，是专指文朋相聚时，甲出一句，乙对一句；丙出一句，丁对一句那种应答方式，或者是人与人之间偶然相遇发生的应答成对的方式。题赠联，则上下联均由一人撰写，可以当场题赠，也可以相约稍后撰写好再赠送。

在前面的各讲实例中，均有一些精彩、动人心魄的应答联。在此只简要列出，不再详细介绍。

子将父做马，

父望子成龙。（少年林则徐对考官）

千年古树为衣架，

万里长江做澡盆。（少年杨升庵对县令）

鼠无大小皆称老，

鹦有雌雄都叫哥。（纪晓岚对一知府奉乾隆皇帝之命出的上联）

昨日偷桃钻狗洞，不知是谁？

他年攀桂步蟾宫，必定有我。（少年郭沫若对私塾老师）

琴瑟琵琶八大王，王王在上；

魑魅魍魉四小鬼，鬼鬼犯边。（清政府议和工作人员对八国联军代表）

洞庭湖八百里，浪滔滔波滚滚，大人由何而来？

巫山峡十二峰，云霭霭雾腾腾，本官从天以降。（四川才子李调元对湖南候补道）

下面，作者也兴之所至，举出一些自己与友人对答作联的例子，与诸君共享。

三人游三游洞，（同事出句）

四客望四望关。（作者对句）

此对答联产生于 2001 年 4 月 18 日。那天我与影友吴康、阮班骏一行三人游览长江西陵峡左岸的名胜古迹“三游洞”。“三游洞”的得名有两个典故：一说是因唐代诗人白居易、白行简、元稹三人曾一同游此洞而得名；一说是宋代苏洵、苏轼、苏辙父子三人也一同游过此洞再得名。后人称其为“前三游”与“后三游”。我们走过洞穴，赏览碑刻、塑像，拍摄内景、风光后，便坐下来休息。此时，既是美术、书法教师，又是古诗词爱好者的吴先生突然对我说：“老蒲，我出一个上联，你来对对看，我的上联是‘三人游三游洞’。”我一听觉得出句看似脱口而出，却也应时应景，包含机巧，其中以专有名词含两字叠用，增加了对句的难度。我想：“三游洞”这个名称包含数、动、名三个语素，我也必须以一个含数、动、名语素的名称与之相对，而且前面的数不能是“三”。据此，我的思绪一下就回到了家乡乐山，乐山的五通桥区城里有个江边码头叫“四望关”，这不正好与“三游洞”相对了吗？平仄方面，“三游洞”是平平仄，“四望关”是仄仄平。前面“三人”是平平，我就以“四客”仄仄相对。全句的词性、句式、平仄均对仗工整，句脚符合“仄起平收”的规定。吴先生听了我的对句点头称是，阮友听了说：“两位教书先生一个触景生情出上句，一个急中生智对下联，实在是妙！”

傻瓜持傻瓜相机照傻瓜像，（德阳书画家出句）

麻婆做麻婆豆腐邀麻婆娘。（作者对句）

此联产生于 1992 年 8 月 28 日。那天，我受民进乐山市委的委托，陪同来乐山参加民进省委书画巡展的德阳书画家一行七八人游大佛寺，为客人们拍摄游览照。我们乘坐游船顶层渡江，船到江心时，游客纷纷举起手中的相机拍照。见此情景，书画家涂老师随口出了一句上联“傻瓜持傻瓜相机照傻瓜像”，征求同仁们对下联。一会儿就有几人口占下联让涂老评定，涂老思虑后都一一摇头。与此同时，我也在努力思考下联，不经意间，我回头望见了乐山港高耸的“西坝豆腐大酒店”，酒店的一道菜名“麻婆豆腐”一下闪过我的脑海，令我十分兴奋，这“麻婆豆腐”与“傻瓜相机”不正是十分“般配”的一对吗？上联凭借“傻瓜”的反复出现，形成一种诙谐、搞笑的风格，我则要以“麻婆”的重复运用与之调侃，让语言也不乏幽默。游船在乌尤寺码头靠了岸，我们下船后沿着石级登山，当大家小坐休息时，我思考的下联形成了，便对涂老师说：“涂老，我来对个下联好吗？”涂老说：“好的，请讲！”“麻婆做麻婆豆腐邀麻婆娘。”我一口气对出了下联。涂老听了，沉思片刻，摸着下巴，点了点头说：“可以——好。”其余客人望了望我，好像在说：“这位陪游的摄影师说话不多，没想到还是对联好手呢。”回城后，书画家们挥毫泼墨，以佳作馈赠乐山民进市委，一位书画家写了一条横幅送我，上书“润雨细无声”。

蝶恋花香方起舞，（诗友出句）

凤栖梧茂遂求凰。（作者对句一）

浪淘沙净始见金。（作者对句二）

四世同堂，三间老舍开茶馆；（诗友出句）

三生有幸，四季东坡种海棠。（作者对句）

上面两联的出句是一位诗友写给我的。2018 年 6 月 20 日那天，乐山市市中区诗词学会的朋友们齐集“仙彩湖”生态园活动。会上诗友们各自朗诵了自己的清明、端午诗作，还欣赏了市老年书法家们当场挥毫创作的书法作品。会后，乐山市诗词学会副会长、会刊主编吴敦杰先生递给我一张信笺说，里面有两条上联，你来对对吧。接过信笺，看了出句，觉得不是随便能对出的，便说，我回去想想吧。6 月 27 日，我将两联对出。第一联中，要看出其中隐含了“蝶恋花”这一词牌名，它的语法结构是“主—谓—宾”，而出句又在其后加上一个“香”字成为“蝶恋花香”这样一个词组，这是一种特殊结构的词组。请回忆在第三章结构对应讲到“词组相当”时，曾说过词组还有连动词组、兼语词组、介宾词组、复指词组、“的”字结构，等等。那时，对这些较为特殊的词组，都没有介绍，只想等到遇见了再说。今天就遇见“蝶恋花香”了，它是个什么词组呢？先看“蝶恋花”，其中“花”是宾语，再看“花香”又是“主—谓”关系，其中“花”是主语。这样一来，“花”就身兼两职了——对“蝶”来说它是宾语，对“香”来说它是主语，故词组“蝶恋花香”就称作兼语词组。我以词牌“凤栖梧”添上一个“茂”字组成兼语词组“凤栖梧茂”与之相对，产生了对句一。后来，想到“凤栖梧”与“蝶恋花”是同一词格的不同名称，有“雷同”之嫌，于是改用了词牌“浪淘沙”，以“浪淘沙净始见金”方才完成了应对。出句二“四世同堂……”的应对思考过程，在前面讲双关联时已经谈到了，此处不再赘述。

以下说说题赠联。

题赠联，是传统的对联品类之一，是作者撰写来赠送朋友、长辈、晚辈或单位集体的，它的作用是融洽人际关系，增进彼此情谊。撰写题赠联，一是作者要有足够的文学修养和审美情趣，二是要切合赠予者的身份、背景，做到切事、切情，名实相符，褒扬适度。必要时可以征求赠予者的意见，以使联文更加稳妥。来看例联：

文章负奇色，

怀抱多正思。（于右任赠其子之先生）

千秋笔墨惊天地，

万里云山若画图。（邓拓赠女记者）

平生只负云山梦，

一步能空天下山。（唐泰赠徐霞客）

国朝谋略无双士，

翰苑文章第一家。（朱元璋赠陶安）

一县好山留客住，

五溪秋水为君清。（林则徐赠友）

大处着眼，小处着手；

群居守口，独居守心。（曾国藩赠人）

创业难，守业也难，须知物力维艰，事事莫争虚体面；

居家易，治家不易，欲自我身作则，行行当立好规模。（吴玉章赠侄）

下面列举数例作者本人撰写的题赠联：

戒烟已握长生法，

制怒尤持益寿权。

此联是作者 1979 年末写给一位教育同仁的。该老师在农村中心校从教三十余年，有丰富的教学经验，颇得社会好评。后来累遭批判，唯有借烟解愁，又罹患重病，虽在家人劝说下戒了烟，但心情抑郁，常发脾气。我便写此联慰勉他。

1997 年暑假期间，共青团乐山市委组织了近 30 人的夏令营去泸沽湖采风，其中包括优秀少先队员和小记者、工作人员和教师。我得知此消息后，也向团委申请参加，获得批准。此行收获很大：游览了带有神秘色彩的泸沽湖，了解了我国最后一个母系社会的民风习俗；参观了西昌卫星发射基地，感知了我国航天科技的巨大成就。此行中，我还了解到乐山一中一分校学生、“小记者”王涯的一些不凡事迹，他爱好摄影和写作，在学校他们成立了“弄潮儿”文学社，办起了铅字印刷的《红帆》小报，还请到乐山著名作家李伏伽给“小记者”们讲写作，指导他们办报等。夏令营结束回来，王涯写了一篇像模像样的长篇通讯《泸沽湖探秘》，向校友们详细地介绍了至今仍保持着母系氏族社会的泸沽湖。我也连忙写了一副对联，寄语《红帆》报及其小读者。王涯将我写的对联和他的报道文章一并发表在1997年10月30日出版的《红帆》报上。我的联文是：

弄潮学海探深积厚，

效力明天起橹扬帆。

联文下有简短的编者按：乐山一职中语文教师蒲运乾撰联向本报及广大小读者致意。该联请中国书法家协会会员、乐山市人民医院陈正义先生书写。

2013年9月20日至10月6日，偕三位影友自驾吉普越野车游新疆，走了北疆的许多地方，饱览了中国最大省份的自然风貌，见识了西北少数民族的风土人情，大家都觉得收获颇丰，心情畅快。在返川的途中，影友樊先生知我擅长对联，要我为三位影友各写一副。我虽欣然应允，但未在车上完成。回到乐山后，我才针对各人留给我的印象，分别写成了下面三副对联：

把方向盘眼疾手灵全仗长期经验，

按快门键图精景美皆因老记功夫。（赠《乐山日报》彭记者）

处事待人胸存正气，

采风取景脑构佳图。（赠樊先生）

财大驾豪车环游天下，

气粗刷金卡遍买神州。（赠车主王先生）

王先生是车主，也是影友，每次出行都是他开车来，车都是名牌。他还有个特点，每次返回，都喜欢购买许多东西，把后备厢都装得满满的。我写给他的对联既是实况反映，又有点小幽默。

全篇到此结束，望此系列文章对读者诸君了解、认识对联，掌握、运用对联有切切实实的帮助，是为作者最大心愿！

附录 《马湖艺苑》征联评选意见辑选

第18期征联评联意见

本期征联出句：绿水青山，处处花开春意暖。

先从平仄上看十分规范，即：仄仄平平，仄仄平平平仄仄。对句也必须与之工整相对——平平仄仄，平平仄仄仄平平。其次分析出句的内容。它呈现给人们的是一幅天蓝水碧、春意盎然的山水画面，这是一个多么令人神往的、良好的生态环境！由此便很自然地使人联想到国家的发展远景，即不仅要建设社会主义物质文明、社会主义精神文明，还要建设社会主义生态文明，在不远的将来，把我们的国家建成经济高度发展，社会文明进步，环境优美清新的富强、繁荣、美丽的中国。因此，我们在对下联的时候，内容也应与此相关联、相对应、相映衬，反映人们生活在今天的幸福感和对美好生活的向往、追求。偏离了这个中心，便不可取。三是看出句的词性和结构：前半句中，“绿”和“青”是形容词，“水”和“山”是名词，“绿”修饰“水”，“青”修饰“山”，“绿水”与“青山”组成一个

“联合词组”；后半句中，“处处”是一个重叠词，是表示处所、方位的名词；“花”是名词，“开”是动词，“花开”是主谓词组；“春意”是个名词，“暖”是形容词，“春意暖”构成主谓词组。“绿水青山，处处花开春意暖。”全句之中，“绿水青山”是主语，是陈述的对象，“处处花开春意暖”是一个复杂的谓语部分，是用来陈述主语的，即说明主语怎么样。其中“处处”是状语，“花开春意暖”是谓语，是由两个“主谓词组”组成的一个“联合词组”，所以说它比较复杂。

从应征的65条下联来看，应对上联的前半句，大都比较容易，应对后半句时，难点就出来了。先是重叠词“处处”，它是一个表示处所的方位名词，对的时候用表示方位、处所、时间的重叠词来对都是可以的，但若用重叠的副词、连词、量词等来对，就欠工整了；其次是“花开”这个主谓词组，有的用一个并列式的词“招展”“宇宙”或偏正式的词“风景”“文采”或支配式的词“比翼”来对，或以一个以形容词作谓语的主谓词组来相对，如“国顺”“运旺”“政畅”都是欠妥的；再其次是“春意暖”这个主谓词组中，“春意”是双音节名词，“暖”是单音节形容词，朗读的节奏是“二——一”式，但有的应对者以“国太平”“日泰然”“胆惊寒”“夏清凉”等来对，虽然也是名词与形容词组成的主谓词组，但名词是单音节的，形容词是双音节的，朗读的节奏就成“一—二”式了，这就违背了上下联相对应的词组的结构要相同，其节奏也要一致的原则。最后一点是，下联倒数第二字一定要为平声，因为它处于“二、四、六……”的位置，是一定要分明的，如“国太平”“日泰然”中的“太”“泰”两字都是仄声，都不恰当。

下面，就对得好的两条下联说一说。

获一等奖的下联：“良知美德，时时子孝父心宽。”此下联在词性、语句结构、音韵平仄方面，都对得很工整，内容上突出了一个“孝”字。百善孝为先，“孝”是中华民族的传统美德，也是我们今天在精神文明建设方面的重要内容。应对者把握住了传统与现代的思想内核，巧妙地引用了“子孝父心宽”这句民间流传的训诫语，倡导子女要孝敬父母，是有着积极的现实意义的。获二等奖的一联：“黄莺白鹭，时时羽扇鸟情娇。”此下联也是在词性、语句结构、音韵平仄方面都对得很工整，内容上与上联非常贴合的，构成了一幅生态谐美的画面，“羽扇鸟情娇”还是一笔生动的描摹，可谓想象独到。

第19期征联评选意见

本期征联出句：神龟佑山水，福禄赐儿孙，无穷匮也。

本期征联难度较大，因为出句是由三个单句组成的一个多重复句。上联第一个单句“神龟佑山水”，神龟是主语，佑是谓语，山水是宾语；第二个单句，“福禄赐儿孙”，初看也是一个主（福禄）、谓（赐）、宾（儿孙）结构的句子，仔细分析，“福禄”是不能自己把自己赐给“儿孙”的，是别人把它拿来赐给儿孙，所以它之前省略了个“把”字。再分析，谁把“福禄”赐给“儿孙”呢？是“神龟”，还是“山水”呢？这样看来，这句还省略了主语。不过，应征者只要按照“名—动—名”的结构来对也是可以的；第三个单句，“无穷匮也”，也是一个省略了主语的句子，这个主语应该是“福禄”吧。让我们结合出句的本意，把三个单句的意思串联起来，那就是：（只要）神龟保护好了（马湖的）青山绿水，（就能把）幸福带给子孙后代，（而且这幸福是）无穷无尽，永远享受不完的。所谓“神龟”当然是不存在的，正如《国际歌》中唱的那样“也不靠神仙皇帝”，但“神龟”是出联者顺应民意寄托的一种美好愿望和表达的强烈呼声。这“神龟”不是别人，就是生活在马湖地区的人民。

再来看这三句话的内在关系，我们说它是一个多重复句就是从三个句子之间的内在关系来判断的。第一句“神龟佑山水”与第二、三句“福禄赐儿孙，无穷匮也”之间有一种互为因果的关系，但要“神龟佑山水”已经变成为现实时，才能体现为因果关系，当下，还未变成现实，说它们是条件关系更贴切些，即：（只有）神龟把青山绿水保护好了，（才能）把幸福永远带给子子孙孙。这是第一层条件关系。第二句与第三句之间，意思上进了一层，即：（不仅能把）福禄赐给儿孙，（而且这种福禄是）无穷无尽的，这就是第二层，是递进关系。

以上是对上联句子结构的分析和所含内容的解读，下面来看出句各词的词性和平仄要求。

神龟——名词，偏正结构，名＋名。

佑——动词，保佑、保护之意。

山水——名词，并列结构，名＋名。

福禄——名词，并列结构，名＋名。

赐——动词，赏赐、给予之意。

儿孙——名词，并列结构，名＋名。

无——动词，与“有”相对，没有、不存在之意。

穷匮——形容词，并列结构，形+形，贫穷匮乏、尽头之意。

也——文言虚词，属语气助词，用在句末，表判断的语气。

对于平仄对应的要求，编委会在上期出联时，已经作出了要求，只需与出句中的黑体字平仄相反就行了：

神**龟**佑山**水**，福**禄**赐儿**孙**，无穷**匮也**。

即：仄——平，平——仄，——平平

下面，评析一些应征联。

1. 猛虎战熊罴，兵民抗日伪，捍尊严焉。

2. 美誉凭德才，言行依法理，属俊豪之。

以上两句在词性、词义和平仄方面，都对得很工整，就是没有把第一句与后面两句之间的内在关系把握住。例 1 的第一句与第二句是比喻关系，例 2 的第一句与第二句之间是并列关系。与以上两句类似的对句还比较多，就不一一列出了。还要指出例 2 末尾的“之”字，是对得不够妥帖的。虽然它也是文言虚词，但它在文言文中一般作结构助词或代词，不作语气助词而放在句末。尽管如此，“之”字是此次征联初涉的文言虚词，从大的方面说，姑且可以认可它。

3. 细雨生霓虹，云霞织诗画，有空灵乎。

4. 佳节贴符联，门楼焕霞彩，有祥和哉。

5. 峻岭长树藤，果花引蜂鸟，呈忙碌焉。

以上三例的第一句与后面的两句之间都有一种因果关系：例 3 中，细雨生霓虹的天气，往往是“东边日出西边雨”的彩霞伴生的天气，“云霞织诗画”便是前句的必然结果，并且用描写的手法，把这种景象写得美不胜收，第三句进一层说此景带给人一种空旷、灵动的感觉，这是一幅多么美丽的大自然画卷啊。例 4 中，因为“佳节贴符联”，所以门楼增辉，焕发霞彩，两句之间也是前因后果的关系，进而洋溢出一种祥和的节日气氛。例 5 中，崇山峻岭之上因为树木繁茂，藤萝茂密，因而才会花果满山，招蜂引鸟，而且这些蜂啊鸟啊还忙忙碌碌，没有休停呢。句中所含的因果、递进关系都很明显。不过，本句中有个情况应当说说，就是末句“呈忙碌焉”的“碌”是仄声，与公布征联时的要求（平声）不符。在此，我跟编委会做个商榷，这个“碌”字是在单数位子上，且不在句末，是否可以不论呢？

第20期征联评选意见

本期征联出句：居民移徙，净化马湖千载绿。

这个出句是由两个分句构成的。前一个分句“居民移徙”说居民搬迁的事情。搬迁哪里的居民？为什么要搬迁？从第二个分句便可找到答案，原来是为了“净化马湖”，使之千秋万代永葆山青水碧。这样看来，搬迁马湖周边的居民，是事情的缘起，“净化马湖千载绿”是由此要达到的目的。这是一个宏伟的规划，是促进全县旅游业和社会经济发展的重大举措，是造福子孙后代的千秋大业和民心工程。

现在我们来看出句的词性和结构。“居民”是个偏正式的名词，“移徙”是个并列式的动词，语素“移”和语素“徙”都是迁移的意思。“净化”是个附加式的动词，与“美化”“优化”“具体化”“现代化”等词的组合方式是相同的。我们别看“净”是个形容词性的语素，在它后面加上“化”字，它就成为使动词了，表示“使……干净”的意思，“化”是个附加的语素，没有实在的意义。“马湖”是个偏正式的名词，“千载”是个数量词，“绿”是个单音节的形容词。再看音韵平仄，上联中除“绿”之外，都是双音节词，所以，双数位上的字必须讲平仄交替，末尾一个字因在上联，必须是仄声。根据这一要求，我们来看出句平仄是“—平—仄，—仄—平—仄仄”，是很规范的。因此，下联就应以“—仄—平，—平—仄—平平”来相对，这要严格遵守。

有一点说明：对于“净化”一词，不要求一定要用附加式的词来相对，只需用一个动词或形容词用如动词的词来对就可以了。另外，编辑部接收到部分读者的反映，希望在征联评审中，要注重上下联意思上的相互关联。我觉得这个意见提得非常中肯，从本期开始，就着力注意这个问题。

在此，指出一些本期应征下联存在的问题。主要是词性、结构上的问题较多，如与“居民”不相对的词有“图治”“天造”“厂矿”“党政”“旗帜”“文赋”等；与“移徙”不相对的词有“至臻”“纳污”“排污”“领先”“富强”“出面”“南飞”“资源”“翩跹”“扶贫”“畅通”“凌云”“落成”“建成”“常在”“待人”“带头”等；与“净化”不相对的词有“防寒”“蓝图”“神来”“还原”“葱茏”“花开”“为民”等；与“马湖”不相对的词有“保洁”“雾霾”“松竹”“服务”等；与“千载绿”不相对的有“连碧湖”“大家荣”“历深蓝”“万亲朋”等。另有少数地方用词欠准确，也不够文雅，如“淫窟”“粪液奔腾”等。至于平仄方面存在的问题较少一些，就不具体指出了。

本期对得好的下联，首推 14 号“政策扶持，大兴事业一方般”。该下联词性结构，音韵平仄完全符合要求，再者是与上联的意思扣合紧密，都是围绕搬迁湖畔居民，净化马湖自然生态环境来落笔的。先表明“居民移徙”不是一般的小事情，没有政府的“政策扶持”是绝难办到的，两者关系密不可分。接着指出，这是造福一方、富民惠民的千秋伟业，理应大力兴办，从而进一步深化了联意。

写得好的另一款下联是“骚客登临，好吟仙境万般娇”。它的词性结构、音韵平仄也完全符合要求，内容方面也与上联紧密关联，是对马湖环境得到整治、净化美化后的远景的描摹和憧憬：那时候，不仅四方游客会纷至沓来，更有骚人墨客也会乘兴而来，挥舞巨笔或放开歌喉，赞美她的百媚千娇呢。还有一联是：“林鸟啼鸣，长离铁斧万山幽。”它与出句对得也较为工整，词性、平仄方面都没有问题。内容方面，展示的是马湖“净化”后，没有铁斧对它乱砍滥伐的良好生态环境。

第 21 期征联评选意见

本期征联出句：亲近马湖，潜心撰写马湖赋。

评审者注意到，在《马湖艺苑》第 20 期刊出该出句时，“马湖赋”三字带有书名号，但送交评审时，书名号被取消了。窃以为，编辑部取消书名号是有其合理原因的，因为“马湖赋”尚在征稿过程中，并未成文，对于“马湖赋”，读者可以理解为“有关马湖的赋文”，这就避免了应征者的疑虑，自然也就无须要求应对者用一个带书名号的词来相对了。但上联出现了两个“马湖”，下联中也应以一个相同的词与之相对。此外，如果上联出现了带书名号的词，下联就必须以带有书名号的词与之相对。在此引荐一例与大家分享。2011 年央视春晚征春联时，出了一句上联是：《游子吟》《乡愁》，《静夜思》《荷塘月色》，出联者将四种文章或诗歌名称巧妙相连，形成一句念得通的话，表达一个完整的意思。后来评出的佳作是：《普天乐》《春晚》，《丰年瑞》《玉蜡梅枝》。我还在优秀对句中选出一句：《丽人行》《雨巷》，《江南忆》《驿路梨花》。这种全部用带书名号的词组成的出句，对起来难度是不小的。此次《马湖艺苑》应征下联中，我看到不少应对者都在有意识地以能带书名号的词与“马湖赋”相对，这足以表明其应对水平不同凡响。

我们来分析出句的语法结构：“亲近马湖”，是一个动宾词组，“亲近”是一个偏正式的动词，“马湖”是一个偏正式的名词；“潜心撰写马湖赋”是一个“状—动—宾”结构的词组，“潜心”是一个支配式的合成词，表示一种情态，起修饰动词“撰写”的作用，是状语，而“撰写”是一个并列式的动词，“撰”和“写”意思是相近的，“马湖赋”是受动词“撰写”支配的宾语，但它又是一个偏正词组，“赋”是中心词，“马湖”是限制“赋”的定语。整个出句是一个省略了主语的联动句（句中有两个动词并带有两个宾语）。再来看该句的平仄关系，我们只需看双数位上（含句末）的字是否平仄交替就行了，它们是：“近”“湖”“心”“写”“湖”“赋”，即“仄、平，平、仄、平、仄”，我们对出的下联，平仄要与之相反，就应该是：“平、仄，仄、平、仄、平”。从出句的中心意思上看，它表达了一种热爱乡土、要为家乡的经济建设、文化繁荣、旅游开发以及建设社会主义精神文明等方面贡献力量的积极态度。我们只要围绕以上内容来应对，就能合乎要求。

比如此次获一等奖的24号联“远谋事业，聚力奠夯事业基”，它与上联一致，都是围绕着热爱乡土，建设家乡来写的，但“亲近”是贴身近察，“远谋”是放眼高瞻，“马湖”系点上，“事业”乃面上；对待面上的大事业，就要“凝心聚力”，就要“奠定和夯实”根基。因此，该联对得高瞻远瞩，气势磅礴。获二等奖的1号联“尊崇道德，竭力传承道德经”，着力从精神文明建设方面与之相对，强调中华民族的传统美德，应当继承和发扬，作者的本意，也必然包含“取其精华，去其糟粕”地继承和弘扬的意思。作者以“道德经”对“马湖赋”，可见是做好了以书名对书名的准备的。获二等奖的22号联“诚邀才子，努力发挥才子能”，从引进人才搞建设的角度着笔，也是紧贴上联中心意思的，一个“诚邀”，道出了对待人才要充分信任，以诚相待，所谓“用人不疑，疑人不用”是也。其余的获奖联都对得好，不必详述，只就个别地方作点说明。7号联“壮志舒张古镇图”的“舒张”，16号联“引水扶持湿地莼”的“扶持”“湿地”等词都用得不够妥帖，如像“湿地”，它指的是长满水草的荒野而非水田，是不能种莼菜的。5号联“信奉科学”的“奉”，8号联“欣看蝶恋”的“看”都是仄声字，而此处本该用平声字才对。此外，25号联的“弟子规”，8号联的“蝶恋花”都是能带书名号的词，以之应对“马湖赋”，可见是有心理准备的。

第22期征联评选意见

本期征联出句：锦屏耸峙，凤尾翱翔，龙头娇邈，溪洛丰盈，闪亮雷波福地

本期征联出句是一个复杂的单句，说它复杂是因为句子的主语是一个联合词组，而这个联合词组又是由四个主谓词组并列起来组成的，即：“锦屏耸峙，凤尾翱翔，龙头姣邈，溪洛丰盈”，它们分别指雷波县城四围的特色景点。由于这些景点既美丽又富饶，因而将雷波这块福地映衬得更加耀眼夺目，这就是“闪亮雷波福地”的意思。“闪亮”这个动词是谓语，“雷波福地”这个词组是宾语，是个什么词组呢？我们拿它来与“天门雄阵”比较一下就知道了。“天门雄阵”是马湖十景之一，“天门”是位于“国家山”顶上的一处险峻狭长隘口的名称，加之它居高临下，交战时易守难攻，又称其为“雄阵”，因此“天门”和“雄阵”指的都是同一个地方，故“天门雄阵”是一个复指词组。同样“雷波”是一个地名，“福地”是对它的称颂之词，指的也是同一个地方，故“雷波福地”也是复指词组。应对

时，要求与“雷波福地”相对的词组也必须是复指词组，这是应对的一个难点。

从联意上分析，主语中的四个景点都集中于同一个大环境，分围在东南西北四方，但它们是各自独立，互不包容的，它们共同发出的动作是谓语“闪亮”，共同作用于宾语“雷波福地”，应对时，就要仔细考虑主、谓、宾之间的这种相互关系，这是应对的又一个难点。

平仄方面，我们根据“一、三、五不论，二、四、六分明”的原则，只看双数位上字的平仄就行了，即：—屏（平）—峙（仄），—尾（仄）—翔（平），—头（平）—邈（仄），—洛（仄）—盈（平），—亮（仄）—波（平）—地（仄），对句就要用—仄—平，—平—仄，—仄—平，—平—仄，—平—仄—平来相对。但由于上联是一个复杂单句，句中有几处用逗号分开，形成一种停顿，一种节奏感，每个节奏最后一个字就是节奏点，只要做到节奏点上的字平仄相对也就可以了，这是合乎联律的放宽。

根据以上原则，我们评出了本期的获奖联。下面主要对获一等奖的下联和存在的突出问题作简要评说，其余的，请读者诸君根据评联意见和要求自评，或许体会更为深刻。

获一等奖的下联是：

卧佛休闲，君山起舞，湿地芳菲，三湖旖旎，安居古镇水乡。

对句的主语部分也是一个联合词组，此联合词组也是由四个主谓词组构成的，它们描述的是古镇有代表性的景观；各词组的平仄也与上联对得十分工整。谓语“安居”虽是动词，但它与主语部分的每个词组的关系都不够直接，这是对句的不足之处。宾语“古镇水乡”，联系主语部分看，这“古镇”指的是黄琅，“水乡”指的也是黄琅，所以也是一个复指词组。整个谓语部分的平仄与上联对得也是十分工整。此联突出的优点就是宾语对得好，能以一个复指词组来与上联相对，这是其他下联没能做到的。

其余对句存在的突出问题：一是有的主语中的四个部分间，内容或不相关联，如“倭寇投降，华人崛起，丝路绵长，海空强盛”“花影绰约，渔翁逸乐，墨客恣悠，君山秀美”等；或相互交叉包容，如“翠柳悬垂，湖波荡漾，屿庙雄轩，景观秀丽”“东海浩茫，中国建创，山脉巍峨，江河倩亮”；或既有不相关联又有相互包容之处，如“汉语传承，宋词延续，元曲精深，诗歌浩博”等。二是谓语动词的动作不是主语直接发出的，或者与主语关系不密切，如“隐藏”“登临”“淌流”“往来”“分明”等。

第 23 期征联评选意见

本期征联出句：大烛光芒普照人心，人心向善。

在点评本期获奖联之前，让我们对本期出句进行具体的分析："大烛光芒普照人心，人心向善"这是一个复句，前后两句之间使用"顶真法"相连，两句的关系是一种承接关系。先分析前一句的语法关系："大烛光芒"中，"光芒"是主语（并列式名词），"大烛"（偏正式名词）是修饰限制主语的定语；"普照"是谓语（偏正式动词），"普"是修饰、限制"照"表示范围的；"人心"是宾语（偏正式名词），"人"是修饰、限制"心"的。再分析后一句："人心向善"中，"人心"是主语，"向"在这里是动词，作谓语，"善"是接受动词支配的事物，作宾语，由形容词转化为名词，"善意""善心"之意。整个出句的音韵关系是："大烛（仄仄）光芒（平平）普照（仄仄）人心（平平），人心（平平）向善（仄仄）"，平仄交替非常工整。

下面，就针对获奖联来一一评述。

1. 神州龙子共襄国梦，国梦成真

此联词性、平仄对仗工整，唯独“龙子”（偏正式名词）对“光芒”（并列式名词）欠佳，若将“龙子”改为“儿女”就没有问题了，若再将“神州”改为“中华”，让“中”对“大”就相当完美了。此联为何独占鳌头？就因为其中的“共襄国梦，国梦成真”是十分精彩的一笔，它紧扣时代大潮，展现了全国人民万众一心，为实现中华民族伟大复兴的中国梦而努力奋斗的精神风貌和必胜信念。

2. 文人笔墨纷呈世态，世态为真

此联词性、平仄对仗工整，以“世态”对“人心”结构相同，意思切近。但“世态为真”表达的意思失之偏颇。“世态”指社会上人对人的态度，人对人的态度是不一律的，有真有假，有冷有热……故而有“世态炎凉”之说。前句的“纷呈世态”说的就是世态纷繁复杂，接下来的“世态为真”就显得片面了，若将它改为“世态求真”，岂不就理想了？

3. 雄师气势浩惊敌胆，敌胆生寒

此联词性、平仄对仗工整，以“敌胆”对“人心”，结构相同，词性相类。但“浩惊”这个词显得生硬，“浩”是形容词性质的，与“普”（副词性质）对欠工。“生寒”的“寒”也是形容词用如名词，当“寒意”讲，与“善”用法一致。此联使人联想到我军领导人沙场阅兵的浩大场面，赞扬我人民解放军是威武之师，胜利之师。

4. 小城故事深撩客意，客意随缘

此联词性、平仄对仗工整，但“故事”（偏正式名词）对“光芒”（并列式名词）欠佳。“深撩”这个词虽不常见，但能让人理解，可以理解为“深深地拨动”，但“深”是形容词性质，与副词性质的“普”对仗欠工。以“客意”对“人心”结构相同，词性相类。但下句“客意随缘”就欠力度了，“随缘”缺乏目标、方向，有种听天由命的味道。若把“随”这个不确定的词改为确定性的词“逢”如何？

5. 骚人雅趣常留神庙，神庙出名

此联意思与大烛会也有些沾边，平仄对仗工整。但“雅趣”（偏正式名词）对“光芒”（并列式名词）欠工。“神庙出名”对仗上没问题，只是缺乏了气势，若改为“神庙扬名”就略胜一筹了。

6. 清官踪迹远离宦海，宦海藏污

此联句子结构以及平仄的对仗都工整。但“远”是形容词，故“远离”对“普照”欠工。“宦海”即官场，“清官”也属官场中人，故不能说他们是“远离宦海”的。如若“清官”不在官场之内，他也就不能称之为“官”了。官场中因有贪官、庸官，才凸显出清官、好官的可贵。下句“宦海藏污”也有以偏概全之嫌。

第 24 期征联评选意见

本期征联出句：扶贫精准，小康不落悬崖村。（征上联）

句末的“村”字是平声，根据联律“对联上联末字应为仄声，下联末字应为平声”的规定，此次征联出句当作下联，对句的末字应为仄声，当作上联，故称此次征联为征上联。

我们先从语法上分析出句：前半部分“扶贫精准”中，“扶贫”是个支配式动词（动＋名），“精准”是个并列式的形容词（形＋形），两个词合成一个词组后，“扶贫”就成了“精准”陈述的对象，“精准”就是用以陈述“扶贫”的，它们的关系就成了主谓关系，此词组也就是“主谓词组”。还要说明，当“扶贫”作主语时，它的词性就转化为名词了，我们可以说“扶贫”是党和政府的一项惠民工程，复兴路上的一个战略决策。我在《对联写作例谈（四）》讲句法相同时，还说到主谓词组就可构成主谓句，所以，“扶贫精准”也就是一个主谓句。再看下句，“小康不落悬崖村”也是一个主谓句，“小康”是个偏正式名词，作主语，“落”是动词作谓语，“不”是副词，限制动词“落”，作状语，“悬崖村”是名词，受动词“落”支配，作宾语。这样出句就是由两个单句构成的一个复句了。且两句说的是前后关联承接的事，前一句是说扶贫工作总的方针——精准，后一句是对扶贫奔小康的具体要求——不落下一个像悬崖村那样的极其贫困、落后的地方。这样的复句就是“承接复句”。

再来说出句的平仄关系。联律规定：对联一句之中要平仄交替，上下两句要平仄相对；一句之中的平仄，可以“一、三、五不论”，“二、四、六分明”。就是说处于单数位上的字，无论用平声或用仄声都可以，但处于双数位上的字，就一定要平仄分明了，该平的就得平，该仄的就得仄。根据这些原则，我们就只看出句的双数位上的字的平仄就可以了：“扶贫（平）精准（仄），小康（平）不落（仄）悬崖村（平）。”应征者只需用“—（仄）—（平），—（仄）—（平）—（仄）”相对就行了。这里，要对“悬崖村”这个三音词说一说，但凡遇到三音词（或多音词），都以最后一个字为节奏点（即语音停顿点），调平仄时，就只调最后一字的平仄。也许有人会问，“悬崖村”这个词是“三平声”，对联规则不是说要避忌“尾三平”或“尾三仄”吗？我是这样认为的：对于一些固定的、专有的名称，人们是无法，也不能更改的，像“悬崖村”这个地名，若把其中任何一个字改了，那它还有意义吗？我们应对的时候，只要不用“三仄声”来对就行了。但如果有人用了一个“三仄声”的、不能更改的词来对，我认为也是完全可以的。此次应征者中，就硬有以“三仄声”的名词“共产党”来对的，这是一个政党名称，有其不可更改的专有性和严肃性。所以，对联的写作，既要遵循格律，又要允许少数特例对规则的突破。

下面逐一分析获奖联。

获一等奖的30号“献爱真诚，大礼未忘夹笆寨”，在词性、词语结构和平仄方面，均对仗工整。句末以“夹笆寨”对“悬崖村”，对得绝好！看到“夹笆寨”，就使人联想到“夹皮沟”一类的名称，使人想到它们都是贫困、落后、闭塞的地方。应征者凭借自己的阅历和聪明才智，真的就从雷波境内找到了一个能与“悬崖村”相匹配、相对仗的三音词出来，这是出联者十分期待的，也让人感叹，大美凉山真是人杰地灵啊！当然，此句也有值得商榷的地方，比如将“献爱”改作“助困”，将“大礼”改作“大爱”也许会更好些。

获二等奖的36号“执政清廉，大恶岂逃遍地网”，此联在词性、平仄方面没问题，以“清廉”陈述“执政”很妥帖。“大恶”指的应是罪大恶极的贪腐分子，说他们难逃处处都是的国家法律之网，表达了对惩腐肃贪的期待和信心。但“遍地网”不是一个词，而是一个偏正词组，以之对“悬崖村”是欠工整的。获二等奖的43号“治国富强，中共尤开一带路”，此句在词性、词语结构、平仄方面都对得工整。内容也与出句关联，歌颂了中国共产党治国有方，把中国引向了富强之路。如今又开创了“一带一路”的国际性发展战略构想和实践，不仅使中国的经济加速提升，也让沿线国家搭乘中国发展的快车，共享了中国发展的红利。其中，“一带路”是专有名词“一带一路”的省略，它是为了适应出句的需要而采取的变通，顺畅自然，可以为人所接受。不足的是对句的前半句“治国富强”若改为“治国英明”就更好了。因为“富强”是治国的结果，“英明”是对治国方针、决策的肯定，以之对“扶贫精准”方显贴切稳妥。

获三等奖的22号“治国和谐，盛世尤需共产党”，它在词性、词语结构、平仄的对仗方面都很合律。它强调党的领导在中国革命和建设的各个时期都是很重要的，尤其是在中国特色社会主义已经取得辉煌成绩的今天，更要加强和完善党的领导。但此句以“和谐”陈述“治国”不够全面，改作“英明”一类的形容词就要好一些。以“共产党”对“悬崖村”虽然是专有名词对专有名词，但“悬崖村”是地理类名词，“共产党”是政党类名词，不属于一个类别，也欠工整，不像“夹笆寨”与“悬崖村”类别相同，对起来就十分匹配。获三等奖的 35 号“卫岛忠诚，大国必拥镇海器”，以“忠诚”陈述“卫岛”，表达了海防战士保卫祖国海疆的赤子之心，“大国必拥镇海器”表明我国海防方面已经拥有了御敌的先进武器和装备，这是我军能打仗、打胜仗的有力保障。此句的词性、词语结构、平仄均对仗工整，但在内容上与出句的关联性差一些。同获三等奖的 47 号“反腐严明，百姓尤夸共产党”，在词性、词语结构、平仄方面都合律，内容上突出了反腐倡廉的积极意义和由此给党带来的良好口碑。但以“百姓”对“小康”欠工。

最后强调一点，属对时，一定要做到上下联意思的相互关联，我在《对联写作例谈（六）》中就专题谈了这个问题。这次的对句中就有一些内容偏离了出句，像 33 号以抗日内容，51 号以抗震内容相对，都与出句偏离甚远。

第 25 期征联评选意见

本期征联出句：护花育朵，初衷不改。

本期征联出句为“护花育朵，初衷不改”。这个出句的末字“改”是仄声字，所以应作上联，对句则应作下联。上联中用了一个逗号分开，别以为它是个复句，它仍然只是一个单句。“护花育朵”是个联合词组，是修饰“初衷”的，“初衷”是名词，“护花育朵”便是修饰名词的定语。“初衷不改”是个主谓词组，“初衷”是被陈述的对象，作主语，“不改”是用来陈述“初衷”的，作谓语。“不改”并非一个词而是两个词，“改”这个动词是中心词，是谓语的核心，“不”是个副词，是修饰“改”的，作状语。我们若把上联中的逗号去掉，换成一个“的”字，就能明显地看出它是一个单句来：“护花育朵的初衷不改”，句子成分依次便是“定语—主语—状语—谓语”。我们对下联时，就要注意“护花育朵”与“初衷”之间的修饰与被修饰关系；“不改”是两个词，而不是一个词这些关键事项。

从词义上分析，“护花育朵”是一种比喻的说法，它比喻教书育人，因为学生常被比作祖国的花朵，教师常被比作园丁。“初衷”意思是最初的心愿，“初”是修饰“衷”的，是一个偏正式的名词。“初衷”的意思，与当今我们常说的“初心”的意思是基本相同的，都有最初的心愿、志愿、愿望之意。一个人最早立下的心愿、志愿或愿望，都是他对美好未来的憧憬或理想，可见它是一个褒义词，又是一个抽象名词。在对下联时，我们也要认真领会。

从平仄上看，出句的双数位上的字是“护花（平）育朵（仄），初衷（平）不改（仄）”，我们对下联时，只需双数位上的字为“—仄—平，—仄—平”就工整了。这次应对的下联中，大家对于平仄都把握得很好。

这次征联，上下联的意思都很明白、易懂。首先，对“护花育朵”这个联合词组，大家都能以另一个联合词组与之相对。但在意思上不能与“护花育朵”同义或近义，若使用“植树造林、植李培桃、树德育才、治学树人、立德树人、育李培桃”这些词组，就会成为严重的“合掌对”；有的联合词组没有表明是做什么事情，只表明做事情时不畏劳苦、勇于战胜困难的精神，如“沥血呕心、披荆斩棘、废寝忘食”等。其次，“初衷”是个偏正式的名词，“初”是“最初、早先”之意，“衷”是“心愿、志向”之意。所以不能以“落叶、砥砺、永远、基石、时势、薪火、普教、美誉、长治”这些词来相对。再其次，“不改”是两个词，我们应分别以与“不”和“改”意思相反或相近的词来与之相对，而不能用“乐道、永世、归根、征程、尤歌、安贫、必须、传承、凛然、虔诚”等来对。还有，“初衷不改”是个主谓词组，不能以联合词组“细作深耕、长治久安、乐道安贫”等来对，也不能以偏正词组“砥砺前行、永远征程”来对，等等。

下面，简要分析部分获奖联：

获一等奖的下联是“克己奉公，矢志未渝”。意思是：“克服一己私利，全心全意地为国为民服务，这是（我）发誓立下的志向，未曾改变。”此联思想内容很好，“矢志”与“初衷”意思相近，但感情色彩更浓烈。

获二等奖的 26 号联“修志编书，夙愿将成。”“修志编书”是在文化上的贡献，与“护花育朵”在教育上的贡献，是同属一个范畴的。尤其“夙愿”与“初衷”对得很贴切，“将成”指愿望即将实现，与“不改”没有本质区别，只是一个先后过程而已。

以上两个对句与出句的意思都相关联、相接近、相互补充，相互映衬，称为“正对”，后面获三等奖、优秀奖的，也基本上是这样的。唯独获二等奖的 19 号联，与上联的意思是相对、相反的，联文是“打虎拍蝇，后患别留。”“打虎拍蝇”是反腐肃贪的比喻说法，是惩治坏的，与“护花育朵”建设好的意思相反；“后患”是随后的祸害，灾难，与“初衷”最初的理想、心愿也是反义的；“别留”与“不改”也是完全相反的。这种上下联意思相反，对比鲜明的对联，给人的印象强烈，称为“反对”，在对联中属上乘之作。我国南北朝时期南朝梁代的文学理论家刘勰在其代表作《文心雕龙·丽辞》中就有“反对为优……”的论述。以下获三等奖，优秀奖的下联对得都比较好，彼此差距不太大，请大家分析、品赏就好了。如有不妥的地方，请予指正。

第 26 期征联评选意见

本期征联出句：雷波橙树，半是黄金半为玉。

本期征联出句“雷波橙树，半是黄金半为玉”，从句型结构看是个单句。“雷波橙树”是主语部分，是个偏正词组，“橙树”是中心词，“雷波”是修饰、限制中心词的定语；“半是黄金半为玉”是谓语部分，是个联合词组，如再具体分析，“是”“为”均是动词，作谓语，它们后面的“黄金”“玉”，就是受动词支配的名词，都作宾语，还有两个准数词“半”是什么成分呢？它们都用在动词前面，修饰、限制动词的，叫作状语，这样，谓语部分就成了双谓语、双宾语、双状语了，在复杂的单句中，这种现象是较为常见的。由于谓语部分是陈述主语的，所以它直接与主语“橙树”相关联，说“橙树”一半堪称“黄金”，一半堪称“玉”，这是一种比喻的说法，与把雷波脐橙说成是雷波人民的“摇钱树”是一个意思。对下联时，在与“黄金”“玉”对应处也要用比喻词，并且同时拿去比喻主语。在与“半”对应时，也要用一个准数词或数词，偶有用形容词

"多"的，也可以认可，因为这时的"多"有"多半"的意思，也是在表明一个数目的概念。平仄方面，出句节奏点上的字是"—波（平）—树（仄），—是（仄）—金（平）——玉（仄）"，对句则用"—（仄）—（平），—（平）—（仄）——（平）"来对就好了。

根据出句的特点和要求，我们就能把握评联的尺度了。

先看获一等奖的21号下联"中国熊猫，一如化石一赛珍"，主语部分以"中国熊猫"对"雷波橙树"都是偏正词组相对，"中国—雷波"是地名相对，"熊猫—橙树"是动物、植物名相对，词性、结构都对得工整。谓语部分"一如化石一赛珍"，以"一如……一赛"对"半是……半为"很工整，以"化石""珍珠"比喻熊猫，凸显了我国国宝的珍贵，比得很有分量，不亚于"金、玉"。对句与出句平仄相反、合律。

再看获二等奖的下联：24号"自贡井盐，一如白雪一似霜"，主语部分以地名和特产相对，很工整，谓语部分以"白雪"和"霜"比喻井盐，形象贴切，但"雪"与"霜"的性质相同，基本上是同类物质，都是水蒸气遇冷后形成的固态结晶。对句平仄工整，符合要求。30号"彝族民歌，多如美酒多似花"，主语部分也是偏正词组相对，但"彝族"对"雷波"不是地名相对，稍感不足，谓语部分以"美酒""花"比喻"民歌"也是比得有真情实感的，平仄对仗也很工整。

获三等奖的12号下联“金阳山花，遍纺文锦遍织绸”，此联内容新颖，比喻贴切。它介绍与雷波比邻的金阳县每逢春夏之际，山野的杜鹃花盛开，绚烂热烈，犹如锦缎、彩绸铺满了大地，这是一幅多么壮美的画图！但对句在平仄上两处有误，一是“金阳”对“雷波”均为平平相对，二是“遍纺”对“半是”均为仄仄相对，这就影响了对句的质量。此外35号“箐口苗民，满听党话满感恩”和36号“中国军人，一防外敌一救灾”两联内容都很好，平仄也合律，数词也用得恰当，不足之处是没有用比喻，都是直言。

第27期征联评选意见

本期征联出句：七十年沧桑巨变，雷波迈进新时代。

本期征联出句“七十年沧桑巨变，雷波迈进新时代”，句子较长，句中还有一个逗号，初看像是两句话，以为它是一个复句，其实它仍然只是一个单句。让我们对全句作个简要的分析：先看前半句，在“七十年沧桑巨变”前，省略了介词“通过”，补上就是“通过七十年沧桑巨变”，这样它就成了一个介宾词组了。其中“通过”是介词，“七十年”是修饰“巨变”的数量词，“沧桑”是修饰“巨变”的名词，“巨变”则是受介词支配的名词。对于“沧桑”，在这里多说两句，它是由成语“沧海桑田”缩略而来，“沧海桑田”是个联合词组，“沧桑”便成了一个并列式的名词了。意思是大海变成了桑树田或桑树田变成了大海，用以比喻自然界的变化巨大、迅速，也比喻世事多变、人生无常之意。再看后半句，“雷波迈进新时代”，这才是全句的主干部分。其中“雷波”是名词，作主语；“迈进”是动词，作谓语；“时代”是名词，受动词支配，作宾语；“新”

是修饰宾语的定语。那么“（通过）七十年沧桑巨变”这个介宾词组是个什么成分呢？它其实是修饰谓语的状语，本应在谓语前、主语后的，但有时候为了突出强调它，就把它提到主语前面去了，并用一个逗号将它和主语分开，语法上称其为状语前置或句首状语。全句的意思是赞颂雷波经历建国七十年来翻天覆地的发展变化，迈进了崭新的时代。

在对下联时，就要做到相对应的词的词性要相同，全句的语法结构要相同，上下联相对的词，其节奏点上字的平仄相反就对了。内容方面，可以称颂、赞美一个地方的发展、进步，与上联相辅相成；也可以披露、指责一个地方的倒行、落后，与上联相反相成。以下简要分析获奖联：

获一等奖的26号联“万千里风雨长征，星火延燎大神州”，表达的是中国工农红军二万五千里长征，在祖国大地播下了革命的火种，并最终取得了胜利。句首部分“风雨长征”对“沧桑巨变”，词性、平仄都对得十分工整，其中“风雨”并非完全实指，既比喻冒着自然界的狂风暴雨，也有比喻冒着敌人的枪林弹雨之意，以突出长征的艰苦，革命胜利来之不易。获二等奖的36号联“两三月人疫力拼，中国堪称大方家”，此联对当前武汉、全湖北以至全中国抗击新冠肺炎取得的伟大胜利进行了热情的赞美，“方家”多指饱学之士或精通某种学问、技艺的人，用以比喻精通医理、医术并有效战胜了新冠肺炎的中国人，是毫不夸张的。另一获二等奖的 42 号联“四一载砥砺前行，中国开启大征程”，视野开阔，赞美我们的国家经过 41 年的改革开放，开启了新的发展征程。句首部分以“砥砺前行”对“沧桑巨变”结构工整，意思上从不同的角度，来形容发展进步的艰巨性、困难度和巨大成就。此对句的不足之处是“开启”对“迈进”，“启”与“进”均为仄声。获三等奖的 23 号联“万千例医护强援，武汉围歼恶肺炎”是反映武汉抗疫的，内容正面积极，反映了武汉人民在全国人民的强力支援下，与新冠肺炎进行了顽强卓绝的斗争，词性、平仄均合律。获三等奖的 24 号联“万千句人景美谈，箐口勾描大彩图”，是说万千游客参观了雷波箐口移民新区以后，对它的人文和自然景观都赞不绝口，仿佛给它描绘出了一幅美丽的画图。对句有地方特色，是对民族地区扶贫成果的赞扬。

获优秀奖的各联的下半句意思都对得不错，语法结构都按“主—谓—定—宾”的顺序一一对仗，但在对句的前半部分，与上联“沧桑巨变”相对的词语，个别显得生硬不工整，如“乾坤跨越”“锦绣高歌”等，有些词语的平仄也对得不合律。

第 28 期征联评审意见

本期征联出句：黄琅古镇，千娇百媚展风采。

这个出句从句法上看，它是一个单句，主语部分是“黄琅古镇”，谓语部分是“千娇百媚展风采”。再对这两部分细分一下：“黄琅古镇”是一个复指短语（词组），它是由“黄琅”和“古镇”两个名词构成的，因为“黄琅”和“古镇”虽然是两个词，但指的是同一个地方，所以意义上有复指关系；从结构上看，它们在句中居同一位置，作同一个句子成分，所以有的书上称它为同位短语（词组）。这种短语我们曾经遇到过，分析过，如“天门雄阵”这个马湖的著名景点就是。其中“天门”是其地名，“雄阵”是因其地势险要、易守难攻而对之加以推崇之谓；又如“雷波福地”也是一个复指短语，《马湖艺苑》第 22 期征联出句就用了这个短语。此类短语日常生活中见得比较多，如“首都北京”“天府四川”“华罗庚教授”“鲁迅先生”“父子二人”“我们大家”“我们共产党人”，等等。复指短语都是名词性的，词与词之间没有并列、递进、选择等关系，中间不能加入虚词，尤其不能加入“的”字。所以，此次应对的下联，前面的主语部分，都要求是一个“复指短语”，这是此次征联中的一个难点。但我在评选中，看到许多应征下联都做到了，这是一个很大的成绩。

再看谓语部分，其中心词是动词“展”，作谓语；谓语前面的“千娇百媚”是修饰“展”的，作状语；谓语后面的“风采”是受动词支配的，作宾语。整个谓语部分就是一个“状—谓—宾”结构，应对者也应以这样的结构与之相对。需要说明的是，短语“千娇百媚”中，数词“千”“百”后面不是量词、名词或动词，而是形容词，故不同于“千斤万两”“千家万户”“千锤百炼”这类短语。这是此次应对的又一个难点，对于这一点，好些应对者都没有注意到。

在平仄方面，出句在双数字位上，都是平仄相交替的：“黄琅（平）古镇（仄），千娇（平）百媚（仄）展风（平）采（仄）”，对句只需做到“—仄—平，—仄—平—仄平”就成了。对于平仄的把握，我也是明显地感觉到近几期征联中，许多应联者都有显著的进步。

下面，具体来看获奖联：

获一等奖的 19 号联“祖国母亲，万泰亿祥佑庶民”，这个下联对得很完美。“祖国母亲”是个标准的复指短语，我们可别忽略了“母”字，其实它是形容词性的，与“公”

“父”相对，与“女”“雌”相同，用它与“古”相对，词性一致，便很工整了。“万泰亿祥”中“泰”和“祥”对出句的“娇”和“媚”都是形容词相对。下联平仄对仗工整，内容也很好。

获二等奖的20号联“公仆好官，一洁二廉尽忠心”。主语部分也是复指短语，但稍嫌指代笼统。“好”对“古”词性一致。“一洁二廉”对“千娇百媚”，词性工整，这点不容易，全句内容也好。但结尾忠心的“忠”是平声字，而此处应是仄声字。同获二等奖的23号联“父母高堂，一爱二严费苦心”。主语部分“父母高堂”是复指短语，其中“高”对“古”词性一致；稍有不足的是“一爱二严”中“爱”是动词性，只有“严”才是形容词性的。全句平仄对仗工整，内容好。

获三等奖的三条下联中，6号联“武汉名城，万众一心抗疫情”，“武汉名城”是复指短语，“名”对“古”都是形容词性相对，很工整。不足的是“万众一心”中，“众”和“心”都不是形容词而是名词性的。有一点请大家特别注意，此联与获优秀奖的33号“武汉江城，万众一心歼毒魔”比，内容相同，平仄一致，为什么要高一等级呢？区别就在“名”与“江”两字上：“名”对“古”词性一致；“江”对“古”词性不同，就欠工整了。21号联“胜景马湖，一艳二妍着华妆”，此联的“胜景马湖”是复指短语，但“马”与“古”对仗不工，“一艳二妍”中，“艳”与“妍”虽为形容词性，但意思过于相近了，“着华妆”中的“华”是平声，而此处应该是一个仄声字。31 号联“汶水新村，六彩五颜织梦图”，其主语部分“汶水”对“黄琅”，“新”对“古”，“村”对“镇”，照说是对得很工整的，但“黄琅古镇”是复指短语，“汶水新村”就不是，所以就只能降等了。这里还要拿它来与获优秀奖的 1 号联“汶水新村，六色五颜成景观”作比较，它们的主语部分都相同，谓语部分也大体一致，为什么 1 号联要矮一个档次呢？就因为结尾的三字有差别，31 号的“织梦图”比 1 号的“成景观”好得多。

对获优秀奖的下联，在评议中已有涉及，就不另述了。

最后，对复指短语再作点说明，复指短语中的两个称谓不应完全同义，此次的应征联中就有完全同义的，如“华夏神州”“懒汉惰夫”，这叫重复，不叫复指。我们不能把一个地方有两个名称拿来连用，如“雷波嘎尔莫波”“乐山嘉州”。此次应征联中还有几个地名，评联者对其是否复指短语有点举棋不定：一个“后海新村”，一个“羌海新村”，如果整个“后海”“羌海”都叫新村，那么它们就可以叫复指短语，如果“新村”只是其中的一部分，就不是复指短语。如“汶水新村”，我们能够断定“新村”只是其中的一部分，所以就不能把“汶水新村”当作复指短语了。

还有一个“金沙新城”，据了解，雷波新建了一个金沙镇，那么称“金沙新镇”是可以看作复指短语的，称“金沙新城”就不是很贴切了。

第 29 期征联评选意见

本期征联出句：马湖有意人有情，天赐芳容凭客赏。

让我们先分析它的句式。出句中用一逗号将它分为两部分，前面一部分“马湖有意人有情”是由两个主谓词组组成联合词组来充当的单句，后面部分“天赐芳容凭客赏”是一个主谓句，“天赐芳容”是对马湖自然景观的一种比喻的说法，其中“芳容”是主语，前面的“天赐”是修饰“芳容”的定语；“凭客赏”是谓语部分，其中“赏”是中心词，“凭客”是个介宾词组，是修饰、限制“赏”的。出句既然是由两个单句组成的，那么它就是一个复句。是个什么关系的复句呢？复句中有并列、递进、选择、转折、因果、假设、条件等关系，据笔者权衡，后三种关系用上去比较讲得通。先设为因果关系：（因为）马湖有意人有情，（所以）天赐芳容凭客赏。再设为假设关系：（如果）马湖有意人有情，天赐芳容（就）凭客赏。又一次设为条件关系：（只有）马湖有意人有情，天赐芳容（才能）凭客赏。但是把它理解成因果关系的复句更好，因为因果关系表示已经成为事实，今天马湖人民确实是有情有义，任由四海游客来观赏马湖的美丽风光了。

说到这里，笔者油然联想到马湖一段过往之事：马湖开发之初，旅游管理还未走上正轨，随着游人日渐增多，一些人为了增加旅游收入，就在经过马湖两端的公路上架设栏杆，对过往的小汽车，都要按乘车人数，每人交足50元后，方能让车进入湖区。此事引起社会极大反响，上级部门迅速制止了这一不正之风。回想起来，那时马湖的“天赐芳容”就不叫“凭客赏”而是“限客赏”了，自然也就说不上“马湖有意人有情”了。此次出的上联，也许是对过去纠偏的一种反思，是对如今马湖旅游业走上正轨后的一种赞美吧。

应对的下联，也应该是两个与上联类似单句组成的复句，单句之间也应该具有某种关系。

再看出句的平仄关系，先将出句按语意划分出节奏来，节奏线用斜线“/”表示。

马湖/有意/人有情，天赐/芳容/凭客赏；

句中，每一节奏点上的字，都要遵循平仄交替的原则。上半句节奏点字“湖”“意”“情”为“平”“仄”“平”，下半句节奏点字“赐”“容”“赏”为“仄”“平”“仄”，这就要求对句各节奏点上的字，其平仄都要与之相反。

结合以上分析，我们来看获奖联：

获一等奖的 7 号联“秦岭无烟水无染，神生仙境任鸟翔”，其中词语、平仄对仗都很工整，写秦岭的生态环境十分优良，犹如神造仙境一般，是各种珍稀动物、植物生长、繁衍的绝佳环境。“任鸟翔”是以少概多的说法。秦岭还生息着国家一级保护动物大熊猫，还发现号称鸟中熊猫的国家一级保护鸟类朱鹮！但句中“神生”一词听着不太顺耳，若改为“地生”，不仅对仗更工整，也觉得自然，成语中不是有“天造地设”的说法吗？获二等奖的 26 号联“公仆无私政无疾，党增美誉得民讴”，其中平仄对仗很工整，它也是撇开自然环境来写政治环境，意思是说：“（只要）各级国家公务员们都无私地履职，各项政策又都不出偏差，党的声誉（就会）大大增加并受到人民的衷心赞誉。”在疏通句意时，添加了关联词“只要……就会……”，表明把此对句当作条件关系要确切些。此外，下半句的部分结构与出句下半句的结构不一致，“党增美誉”是个主谓词组，而“天赐芳容”是偏正词组，另外，若把动词“得”字改作介词“让”或“被”等，会更好些。

获三等奖的 19 号联“黎庶无灾国无患，党施良策斗魔消”，此句平仄对仗工整，观点表达明确，赞颂了我国人民在党的坚强而英明的领导下战胜新冠病毒的举世瞩目的成绩。不足的是“党施良策”是主谓词组，另外，把动词“斗”改为介词“把”或“让”就好了。获三等奖的 20 号联“洱海无风水无浪，地生美景任君逛”，此句平仄对仗除“逛”字外，都工整，字、词结构对仗也很工整，“地生美景”就用得自然。但在内容方面值得推敲，洱海是那么大的一个内海，怎么能说无风无浪呢？俗话说“无风三尺浪”，才符合事实。再与下句联系起来看，既然是无风无浪，平平淡淡的一个景象，又怎能称得上“地生美景”呢？此外，对句中的 21 号联，与 20 号联对比只有两字之差，仅把“洱”改为“邛”，把“美”改为了“丽”，想必是同一人之作，就只评选一条了。获三等奖的 24 号联“冬日无冰夏无暑，春留仙境惹君迷”，其平仄对仗很工整，词语中，除了动词“惹”外，其余也对得工整。但此联最大的缺陷就在一个“春”字，本来前半句说的是“冬”“夏”皆宜人，后半句却把它抛开，说春天留下的是“仙境”，才“惹君迷”，这样就显得前后不照应，仿佛是自我否定了。

对获优秀奖的五条下联就各指出一个突出的问题供参考吧。

2 号联以“风月”并列式合成词对“马湖”偏正式合成词不当；4 号联中以“人”对“人”，犯了同位重字的弊病；16 号联“水多彩”不便于理解；18 号联中“血同源”的“源”是“平”声；25 号联以“飞”对“有”欠佳。

以上意见难免有误，请予指正。

《马湖艺苑》庆祝中国共产党百年华诞全国征联评联意见（第30期）

本期征联出句：南湖红棹生辉，马湖金龟映彩，大小凉山祝党百年华诞；

此次征联活动，是为庆祝建党一百周年举办的，因此出句渲染了热烈喜庆的气氛，表达了凉山人民对亲爱的百年大党的衷心祝愿。

前面两句将南湖和马湖相提并论，南湖是中共一大会址，马湖是凉山的名胜地，两湖并提既是相映成趣，更是相映生辉，象征党的光辉普照凉山。从文学表现形式论，此两句是用“比兴”手法，渲染一种热烈喜庆的气氛，为下句营造一种声势，下一句才是主要内容。这些都是应联者应当注意到的，但应对内容可以异彩纷呈，即不局限于写凉山，可以写外地乃至全国，可以是对党的热烈赞颂，也可以是对新时期祖国各项建设成就的纵情讴歌。

先看各句的词性。南湖，偏正式名词；红棹，偏正式名词；生辉，支配式动词。马湖，偏正式名词；金龟，偏正式名词；映彩，支配式动词。大小，反义并列式形容词；凉山，名词；祝，动词；党，名词；百年，数量词；华诞，偏正式名词。

再看各句的句式。“南湖红棹生辉”是个主谓句，“红棹”是主语，“生辉”是谓语，“南湖”是修饰“红棹”的定语。“马湖金龟映彩”也是主谓句，“金龟”是主语，“映彩”是谓语，“马湖”是修饰“金龟”的定语。“大小凉山祝党百年华诞”仍是个主谓句，但它的句子成分多一些，“大小”是修饰“凉山”的定语，“凉山”是主语，“祝”是谓语，“华诞”是宾语，“党”和“百年”都是修饰、限制“华诞”的定语。应联者，都要以与出句相同的词性、相同的组词方式、相同的句式来应对，方能做到工整。

“南湖红棹生辉，马湖金龟映彩，大小凉山祝党百年华诞。”末尾字“诞”是仄声，因此出句应作上联。再来看上联中平仄交替的情况，根据“一三五不论，二四六分明”的原则，我们就只看处于双数位上字的平仄交替就行了。第一句双数位上的字是“湖”“棹”“辉”，为平、仄、平；第二句双数位上的字是“湖”“龟”“彩”，为平、平、仄，一、二两个“平”没有交替，原因就是为了让两“湖”相提并论，相映生辉，所以就只好让它们并存了，应联者只需以一个相同的仄声字与“湖”字对应就认可。第三句双数位上的字是“小”“山”“党”“年”“诞”，为仄、平、

仄、平、仄，交替有序。应联者所对下联双数位上的字，其平仄就要与上联双数位上的字相反，即：仄、平、仄，仄、仄、平，平、仄、平、仄、平。

根据以上分析和要求，对部分获奖联谈谈具体意见：

获一等奖的下联是5号“北海碧潮引浪，邛海赤焰追光，方圆热土祈国千载盛平”。此联词性、组词方式、句子结构、平仄关系，都对得很工整，第三句的“国”为二声，用的是新韵。词语方面，比如以“北海”对“南湖”，“碧潮”对“红棹”，“赤焰”对“金龟”，“热土”对“凉山”，“方圆”对“大小”，这些都表明作者十分注重方位、色彩、意义、结构的精准对仗。其中“方圆”的意思，虽指土地有方有圆，但又不能这样狭义地理解，“方圆”含有“周围团转”的意思，形容“范围、领域”广大。所以，此处的“方圆热土”指大小凉山是一片广袤热土的意思。再谈一谈“盛平”对“华诞”：“诞”即“寿诞、生日”，用一个“华”来修饰，犹言生日是光彩、美好的，这样一修饰，人们都很接受；同理，“平”在这里指“太平、和平”，均作名词，作者用“盛”来修饰它，犹言这太平景象是繁荣、兴盛的，这也容易为人们理解接受。用“盛”来修饰名词的情况不难发现，如“盛会”，言会议热烈、隆重；“盛宴”，言宴席盛大、丰厚。在这些词语中，“盛”都是起修饰作用的。

从整个下联的内容看，“北海”应是指北京城中的北海，用以指代首都北京，“北海碧潮引浪”是比喻北京对全国建设大潮的引领；“邛海赤焰追光”是一笔壮美的描绘，是说凉山火把节中，万众高举火把绕着邛海赤红而行，水天倒映，如星斗散落，恍若天上人间。赤焰追光也象征凉山对于北京引领的积极响应。对句的前两句与出句的前两句都是一呼一应，并以“比兴”手法来引起下文的。第三句的下联以“祈国”对上联的“祝党”，不仅平仄对仗工整，其祝颂之意也显得非常虔诚。概括上联的中心意思是：凉山人民恭祝伟党百年华诞；下联的中心意思是：凉山人民祈望祖国永享太平。上下联意并列互补，相辅相成，可谓珠联璧合。

来看获二等奖的 39 号联“东海雄鹰挂剑，邛海白鹭翔空，红黑热土闻民一路欢歌”。此联词性、组词方式、句子结构、平仄关系，都对得十分工整。首句意在描写我国海防前线的人民子弟兵，时刻准备保卫我国领海、领空的雄姿，第二句描写邛海的自然景观，把要表达的内容引到凉山来，两句用的也是“比兴”手法，只是两句之间的照应关系不够明显。第三句以“红黑”修饰热土，是以反义并列式形容词作热土的定语，“黑”属新韵平声，不失工整。土地有黑有红，这是从土色、土质上来修饰，以赞美它的土质好，犹言大小凉山是一片丰饶的热土。“闻民一路欢歌”既表现凉山儿女欢庆党的生日的热烈场景，又是他们对当今美好生活的由衷赞美。

同获二等奖的 78 号联“家梦小康变现，国梦盛世成真，短长彝调代民一片心声”。此联在词性、组词方式、句子结构、平仄方面都对得很工整。对句的前两句写出我国已全面实现小康并正在向实现中华民族伟大复兴的目标迈进，展现了中国人民的豪迈气势和举世瞩目的成就。第三句以“短长”修饰“彝调”，不仅与上联的“大小”对仗工整，且抓住了彝族人民能歌善舞的特征。“代民一片心声”含义广泛，既包含凉山儿女对党和政府的感恩之心，对自己过上美好生活的快乐之心，也包含对未来更加美好生活的向往之心。此联略有不足的是上联有一个“小”字，下联也出现了个“小”字。但下联中的“小”字是以与“康”字组合而呈现的，“小康”，是中国人民古往今来的梦想，更是中国共产党领导人民历经百年艰苦奋斗才得以实现的伟大理想，不用“小康”一词便无以表达，对于这个“小”字，我们应以特例看待。

获三等奖的 27 号联“西电宏图增色，东电福地流光，清明禹甸颂歌万代安康”。此联在词性、组词方式、平仄方面对仗工整，但在词义上“清明”属近义并列式形容词，非反义并列式形容词，句子结构方面“颂歌”成了一个词，“安康”虽然仍为宾语，但“歌”不是“安康”的修饰语。联意方面对句以西电东输的雄伟景象描绘作“起兴”之句，展开了一幅热火朝天的建设壮景。我国幅员辽阔，但能源分布西丰东欠，经济发展东领先西后进，西电东输，便成了我国克服能源分布不均，满足发达地区对能源要求的发展战略。西电东输，克服了许许多多科学技术难题，付出了中华儿女多少心血智慧，创造了无数的人间奇迹。作者以此作对句引领，以渲染社会主义建设的火热场景，实属别具想象力。

同获三等奖的 122 号联“窑洞明灯指路，龙洞白鹤腾飞，东西彝寨祈国千载顺祥”。此联在词性、句子结构、平仄方面对仗都工整，但在组词上略有不足：第二句“腾飞”一词非支配式动词而是并列式动词；“东西”属反义并列式方位名词，非反义并列式形容词，但属认可之列。联意方面，首句“窑洞明灯指路”对上联“南湖红棹生辉”对得十分精彩，突显了中国共产党在不同阶段对革命事业的引领作用，并与第二句“龙洞白鹤腾飞”一起构成“起兴”之句。因为“龙洞”指的是马湖边上的一景，起到了将联意引向凉山的作用。但随之而来的问题出现了，“龙洞”中能“白鹤腾飞”吗？所以此句的表达是值得商榷的。第三句“东西彝寨祈国千载顺祥”意思很好，表达了凉山人民对伟大祖国一片赤诚。

获三等奖的另一联“东土紫阳破雾，乡土玉宇澄清，苦勤德政赋邦万度壮怀”。此联在词性、句子结构、平仄方面的对仗都工整，但在组词方面略有瑕疵，即“澄清”一词不属于支配式动词。“澄”字有两种读音：一是读chéng，就当“（水）清”讲，“澄清”一词就是一个同义并列式形容词；二是读dèng，意思是“使液体里的杂质沉下去”，它就是个动词，“澄清”一词就成了补充式动词而非支配式动词了。另在词义上，“乡土”一词指代不够明确，即使联系上下文，也让人难于猜想指什么地方。但后面的对句对仗工整，“苦勤”对“大小”都是反义并列式形容词相对，“苦勤”修饰“德政”也妥帖，“德政”应是对党和政府一系列政策、政令的颂扬之词；而施政者，即公仆们，也多是不怕吃苦，勤政爱民的，这便是“苦勤德政”的内涵。有这样的“德政”——党和政府的英明领导，赋予国家和民族的，便是自立于世界民族之林的无比自豪！

对以下获优秀奖的各比下联就不作具体评论了。从对以上获奖联的评议中，已基本将评联所遵循的规则，应掌握的具体要求，评联者所持的审慎态度以及评联的公正性，都已经原原本本地呈现给各位了，但这并不说明我们在评议中就没有缺点和不足之处，若有发现，诚请各位应联者及时向我们反馈指出，我们将认真改进并致以诚挚的谢意！

跋

陈国安

中华民族五千年文化，三千年诗韵，其中由古代诗歌、骈文孕育诞生的楹联文化独具魅力，是一颗璀璨的明珠。楹联又称对联、对子，始于五代，形成于宋，盛于明清，有着一千多年的悠久历史。从它诞生之日起，便一直受到人们的推崇和喜爱。在古代，上至帝王公卿，下至庶民百姓，都崇尚楹联文化；进入现代，无论城市乡村，凡有华人居住的地方就有楹联的遍地花开和普及推广。在广大农村、也不乏一些边远山区，每逢婚丧嫁娶、修房造屋、开张营业、华诞寿庆，逢年过节，升学就业都要写对联，以彰显主旨，平添喜庆气氛。

比如说，在我们这个小山村，一名退休公安，生前曾为其舅父的平反昭雪，竭尽全力奔走呼号过，当他病逝后，门上便撰了一联：

恪尽职守，供职公安三十五年乐道，民警扬名四海；

奔走呼号，昭雪烈士六十二载沉冤，舅父含笑九泉。

再如一村民的儿子被清华大学录取了，全村老少笑逐颜开，前来祝贺，远远地便见其家门上的一副大红对联：

寒门学子十年磨剑赢高考，

凉山雏鹰蟾宫折桂入清华。（横批：金榜题名）

通过楹联，让人明白了主人家的办事宗旨，并突显了当地的特色文化。

因此，为了弘扬民族文化，促进旅游发展，彰显地方特色，成立于雷波县黄琅镇的海孟协会，在其会刊《马湖艺苑》创刊之始就特设了两个栏目：征联求对及诗歌唱和。十数年来，这两个栏目深受广大诗友和读者的喜爱。

征联活动每期由编委推敲出上句，广大文友按要求对下联。每期设一等奖 1 名；二等奖 2 名；三等奖 3 名；优秀奖 5 名。作品匿名评选，经办人员不得参赛。做到“公正、公平、公开”竞赛，要达此目的，请谁来评联呢？

2003 年 9 月，凉山诗翁吴世官老先生的第二本诗集《晚晴诗词选》出版发行，作者吴世官先生亲托乐山第一职业高级中学语文教师蒲运乾作跋。我读罢蒲老师的跋文，深深地被其文采所打动、所折服。在后来的交流中我才知道，蒲老师原籍雷波县城，20 世纪 50 年代初期便赴乐山、成都、北京等地求学，后从教于乐山。他对楹联情有独钟，造诣颇深。也爱好写作、摄影，曾是多家报刊通讯员，乐山市诗词学会会员，发表过大量的新闻、诗歌、对联、教学研究论文、艺术摄影作品等，并多次荣膺嘉奖。20 世纪

80年代起，他走遍乐山大街小巷搜集春联，通过整理，出版了《嘉州十二生肖春联集锦》。具有四十年中学语文教学资历的他，文学功底深厚，汉语语法娴熟。韩愈说，“道之所存，师之所存”。《马湖艺苑》编委会认为：征联评委非他莫属。

蒲老师应聘担任征联评委后，不辱使命，每期对楹联的立意、词性、短语及句法结构、音韵平仄、上下联的内在联系等，一一进行分析，评判，敲定，最后评出获奖联。《马湖艺苑》编辑部还请他对获奖联写出评语，说明获奖原因、指出不足之处、提出修改意见。参与征联活动的文友们都心悦诚服，感到受益匪浅，也让会刊知名度不断提高。

试看会刊征联中的佳联例句：

2015年春季刊出句：天门雄阵，万夫莫近；

对句：地道暗关，千寇休来。

（一等奖：朱少才）

2015年秋季刊出句：绿水青山，处处花开春意暖；

对句：黄莺白鹭，时时羽扇鸟情娇。

（二等奖：何祥东）

2016年春季刊出句：神龟佑山水，福禄赐儿孙，无穷匮也；

对句：细雨生霓虹，云霞织诗画，有空灵乎？

（一等奖：王天西）

2019 年秋季刊出句：雷波燈树，半为黄金半是玉；

对句：中国熊猫，一如化石一赛珍。

（一等奖：李安全）

其他趣联：

回文联出句：将陷泥潭泥陷将，

对句：姻联战地战联姻。

（一等奖：乾坤）

叠字联出句：赏山赏水赏风光，赏不尽马湖春色；

对句：游海游江游梦谷，游无穷彝寨景观。

（一等奖：秦在芝）

顶真联对句：宦海钱权官，官官落马，

（一等奖：李安全）

出句：文章家国事，事事关心。

2020 年初春，新型冠状肺炎首先在武汉暴发，很快就在全湖北猖獗蔓延，一场全国动员的武汉和整个湖北的保卫战在中国共产党的坚强领导下打响了。在此期间，《马湖艺苑》编委会利用微信开展了一次别开生面的“抗疫情楹联接龙活动”，以抗击新型冠状肺炎为主题，蒲运乾老师当主审。活动规则：首日早上 8 点，推出上联，编委们开始应对，至上午 12 点，征联截止。下午 4 点，再由蒲老师从众多应征联中评选出最佳对句，进行公布。次日上午 8 点，又由昨日最佳联获得者出句，各位编委对句，如此循环往复。活动历时半个月，最后再由蒲老师负责整理汇编，刊登在《马湖艺苑》2020 春季刊上。

此次活动既增强了大家抗击疫情的信心和决心，又探索了楹联的写作技巧，弘扬了国粹，变消极蜗居为积极宅居，一举多得，取得了可喜成绩。现特遴选几联以供品赏：

2 月 7 日

蒲运乾出联：万众齐心，驰援武汉诛冠毒，

魏平安对句：全民同阵，布控神州战疫妖。

2 月 9 日

商光亮出联：斩妖除害，铁骨铮铮歼冠孽，

杨玉砚对句：折玉摧兰，凄风飒飒送英魂。

2 月 17 日

刘文霖出联：多难兴邦家国情怀同舟共济抗大疫，

赖富军对句：壮怀敬业英雄气概策马齐驱歼新冠。

从 2014 年起，蒲老师在《马湖艺苑》上发表连载文章《对联写作例谈》，他根据“中国楹联学会”颁布的联律通则，从字数、词性、短语、句法、平仄、内容、种类、写作技巧，等等，由浅入深，由表及里，由近及远，逐一举例阐述。古今奇联、趣联，以及他在各地收集到的妙对、自己历年来创作的佳联尽纳其中，珠联璧合，精彩纷呈，不读实在可惜——这是蒲老师一生的心血、智慧的结晶，更是中华楹联的瑰宝!

现在，蒲运乾老师把他在《马湖艺苑》上发表的连载文章，以及征联评审意见的文章汇编成册，付梓出版，嘱余写跋，我诚惶诚恐，又推之不掉，只好东拉西扯写了这些，权作跋吧。

《马湖艺苑》编委会主任　陈国安

2020 年 8 月于马湖之滨

补　白

《对联写作例谈》一共八讲，分 13 期在《马湖艺苑》连载完毕，具体是从该刊第 18 期起，至第 30 期止，历时六年半。这要感谢编委会对文章连载的重视与支持，以及楹联爱好者的期盼与喜爱。写此连载文章，系因《马湖艺苑》聘我做该刊征联评委为缘起，在此之前，我也曾有过写一本类似读物的打算，但未作具体规划，不免茫远。自从做了征联评委后，我就觉得与对联爱好者建立起了一种对话和交流的机制，他们对于对联的喜好与认知、应对的智慧与能力、存在的不足与问题，都让我从一期一期的征联活动中切实地感知到，我对应征者或广大读者急于想说的话，也能通过刊物这一平台及时地表达出来。我感到我的连载文章越写越有针对性、实用性和紧迫感，要落下一期都绝对不行。在《艺苑》，最初我只写《对联写作例谈》文章一种，不久，编委主任陈国安先生就对我提出要求，除要把每期征联评选结果公布出来外，还要写出每一期的评联意见，也要在刊物上公之于众。编辑部郑重声明，此举是为了充分体现征联活动的公正性和严肃性。对我来说，公正性绝对不存在问题，因为每期评联我都是“盲评”，编辑部只把应征对联汇总、编号电传给我，我根本不知道各条应对联的作者是谁。我还听说编辑部在汇总应征联时，还要把每位作者的数条应征联打散交叉编号，以期评审更加准确、科学。对我具有挑战性的考验就是评联的准确性和科学性，我以为要做到这点，就要遵循联律通则的规范要求，充分理解作者的思想脉络与出句的关联切合程度，以使上下联意相辅相成或相反相成，达到珠联璧合、浑然一体的效果。作为评联者，我深感这是高标准的要求，我必须通过多方面的努力、提高，也包括向应征联作者学习借鉴来提高，以满足编辑部、广大读者、应征联作者对我的殷切期望和要求。检验我评联是否达到准确、科学尺度的，就是伴随着每期征联评选结果公开发表在《马湖艺苑》上的评联意见了。令我欣慰的是，自公开发表评联意见以来，还未曾收到过对评联持否定的意见，倒是听到应联者反映：每期收到刊物，他都要急于阅读评联意见，对照自己，取长补短，使自己的应对水平不断提高。故此次成书，除了将《对联写作例谈》八章悉数整理刊印外，还附后刊出了若干期评联意见，俾便读者结合实践加深理解。书前，还增印了一些与楹联有关的摄影作品，在满足读者审美情趣的同时，也使之见识到一些难得的名联佳构。

“对非小道，联本大观。”楹联这种文学样式与楚辞、汉赋、唐诗、宋词、元曲、散文之间，都存在着千丝万缕的关联。楹联的本质与精髓是对仗，而对仗的萌生与成熟，都得益于中华文化根深叶茂的绵厚滋养。我在写作过程中发现，将汉语言文学的各种修辞手法，巧妙地融入对仗中，常常会产生意想不到的佳构而让人惊叹叫绝，常常会为应对者临场突发的奇思妙想佩服得五体投地。汉字的偏旁部首、形声、会意等架构特点，融入对仗中，又往往幻化成神来之笔，使对联变得天造地设般精巧，或产生出奇制胜的效果，那种仿佛在战场上方能得到的东西，经应对者之间的较量与角逐却会赢得，致使一方甘拜下风！对联不仅启迪人们的无穷智慧，也能塑造人的美好心灵。

我于对联的执着爱好与推广普及的美好愿望，得到了方家和有识之士的大力支持，乐山的知名人士，文学硕士、名校教师、资深媒体人邓碧清先生，热情洋溢地为本书作序，四川省散文家协会会员、雷波县作家协会副主席、《马湖艺苑》编委主任陈国安先生喜爱有加地为本书作跋，我的学长、昆明学院教授吴庄虞先生热情鼓励我将连载文章结集成书，予以推广，《马湖艺苑》众多编委和读者表达了积极支持和热切期盼的意向。身为数学教师的我的老伴黄守玉，对我写作本书一直很支持，我在各地采集对联佳作时，她都积极配合，给了许多具体帮助。部分书稿写成后，她是第一个读者，并给我提出一些宝贵的意见。这些，都给了我莫大的鼓励与促进，在此谨表深切的谢忱！

作者　于乐山

2021 年 4 月 26 日